我在犯罪組織當編劇

各界名人推薦

既晴（台灣犯罪作家聯會執行主席、名作家）：

生命中總有無法挽回、無法放手的遺憾。然而，選擇了他人的「理想範本」，是否就此尋得圓滿、享有幸福？在奇妙的設定下，本書給了我們省悟再次選擇的機會，重新思考生命的罪惡與美好。

洪敍銘（台灣犯罪作家聯會成員、文學研究者與編輯）：

這是一本非常有趣、充滿新意的驚喜之作，又彷彿能夠看見作者自身的徬徨、奮鬥、思索等生活歷程。虛實交錯的故事情節，平淺而深刻地讓讀者進一步思考、權衡著「想要／必要」、「改變／代價」之間的各種得失；只是，人們眞的能夠改寫人生嗎？——本書提供了一種強烈的回顧與自省的動力，如何描述夢想、走到那個「想要」的世界？身爲人，又如何在不滿中成長？都賦予了小說中得以更深層探索的價値。

喬齊安（台灣犯罪作家聯會成員、百萬部落客）：

兩年前與庭毅在文策院的ＩＰ獲獎大平台上相識，非常開心能夠看到這部當時得獎後備受影視公司看好、人氣超旺的傑作《我在犯罪組織當編劇》以新版的面貌問世。國外的月亮比較圓，我們總不滿足自己目前擁有的一切，羨慕著其他過著更好生活的人，或希冀重拾再一次的青春。庭毅勇敢地闖入這個名作如林的主題中，以奇妙的都市傳說、出乎意料又剖明人性的結局走出了自己的路。書中每一章故事都彷彿暗巷之屋裡一杯溫熱的小酒或佳餚，令我沉醉在那份內心深處湧上的微醺暖意中不願清醒。

黃浚哲（療癒書寫講師）：

這是一個關於改寫你人生劇本的故事。讀完的瞬間，人生也改變了，你有勇氣打開第一頁嗎？

潘之敏（演員／編劇）：

本書裡提供了另一種想像——「如果此刻擁有人生的劇本，你會如何改寫？」初看書名《我在犯罪組織當編劇》，會以為來到一個純然黑暗的世界，想不到一路讀至結尾，闔上書後，心底反倒是乍暖的，就像犯罪組織的名稱「暗蕨」，於腐敗之地重生、繁衍、改變，在黑暗中闖出另一種人生，而回過頭來省思的，不過仍是我們自己的人生，每個人都是自己人生最高明的編劇。

潘盈誠（導演）：

好的故事，往往在悲劇之後才開始——前些日子在網路上看到的故事標題，也是讀完本書的感受。透過主角的視角，串成一條光亮的道路，讀到故事尾聲，讓人想要好好地擁抱自己。

饒家榮（臨床心理師）：

在虛實交錯的故事中，看見真實存在的人性及豐富的情感正在發生。

以及

星子（暢銷作家）誠摯推薦！

目次

每個人，都曾對自己的人生感到不滿，
卻又感到無能為力。
如果此刻擁有人生的劇本，你會如何改寫？
你又想成為誰……？

第一章

在賽道奔跑的女人

1.

深夜十一點，居酒屋櫃台旁懸吊的電視螢幕，正播放藝人出軌的花邊新聞，鋪天蓋地播送，彷彿全世界就沒其他更重要的消息。

他們的恩怨糾葛，竟是大眾的娛樂新聞。

有時候，就連生活也是一場戲。

「明知事情會往糟糕的情況發展，所有人依然放任讓事情發生，這就是我們生存的世界啊。」

我斜靠在營業至凌晨的居酒屋桌前，吃完今晚因加班延遲的晚餐無奈想著。

台北西門町街頭僅剩夜歸的外國遊客，三三兩兩在外尋覓異國道地的美食料理，選擇不多，因此部分人群在店外張望了一陣，立刻轉身進入這間名叫「浮木」的居酒屋內。

店裡的裝潢跟一般日式居酒屋差別不大，橘黃的燈光和木質桌椅，擺飾古樸不華麗，卻隱約顯露溫暖講究的氛圍。

「景城，幫個忙稍微移過去一點，客人坐不下，不好意思啊。」

說話的是浮木居酒屋的老闆吳廷岡，這個月剛滿三十五，比我多兩歲，長得高頭大馬，他說是從小住在日本，每天把牛奶當水喝造成的後遺症。

他招呼完新進的客人後，從冰櫃拿了玻璃瓶裝的啤酒，「啵」一聲流利地打開，沿著杯緣緩緩倒入，金黃色的酒液和綿密的白色泡沫，比例依舊完美，遞到我面前。

此時新聞畫面一轉，播報起另一則黑道尋仇的消息，被砍殺的黑道少年送醫急救，地上留下凌亂的鮮血殘跡，從主播的語氣聽得出隱藏的不屑態度，吳廷岡凝視了一會兒，也替自己倒了一杯啤酒。

「我常常在想，人生跟倒酒的道理很像，有時候角度不過是偏了那麼一些些，最後的結果就不對了，但後來想想其實也沒什麼。」他對著電視螢幕說。

我沒有回話，只是默默喝著剛從冰箱拿出來的啤酒。

「嘿，看來你也是這麼認爲。」

「有這麼明顯嗎？」我笑著說。

「表情出賣了你。」他接著也喝了一大口啤酒，又問：「對了，後來那件事，你調適好了吧？」

吳廷岡說的是上個月我被調職的事情。

我目前任職於台北市的首都醫院，是一間擁有兩千床的醫學中心，在內部擔任經理的職務。

一般人初次聽見醫院也有經理，總是顯露出好奇疑惑的表情，我也見怪不怪了。

其實將醫院想像成一般企業就可以理解，企業內部總是需要人來負責進行投資效益評估、專案推動、治療項目的定價，小自一個垃圾桶的請購，大至績效獎金制度的建立，都需要經過經理的評估。

每回我才說到這裡，眾人總是認爲這是個權力極大的工作，但內部的人其實都知道，雖名爲經理，但實際上是高層的助理，沒有決定事情的權力，這職位是夾在醫院經營高層與基層醫療人員之間，許多上頭不好直接開口的命令，當然就由經理去跟基層溝通。

譬如醫師在開立藥品上就有許多有趣的現象，具有同樣療效但不同品牌的藥品就有多種，此時管理階層就會鼓勵醫師選擇藥品利潤高的來開，甚至在電腦系統內，將高利潤的藥品清單與低利潤的藥品清單用顏色加以區隔，這樣醫師在點選藥品時，便一目了然，我們稱爲「色彩管理」。

其實這種做法在一般民間企業十分普遍，企業爲了生存，當然就得設法賺取最大的利潤，有利潤才能持續經營，活下去成了企業最重要的選擇。

但醫院畢竟肩負治癒病人的任務，病人與醫院都能「活下去」，這是最理想的狀態，但如果兩者發生衝突，該怎麼辦？

浮報健保點數或鼓勵病人自費，這都是頻繁發生的情況，但病人接受了不必要的處置，進而導致病情惡化，這就是相當嚴重的壞事。

尤其在醫療方與病患方資訊不對等的情形下，一般來說，病患根本無從知曉，所接受的治療是否具有必要性，更別提是否有害了。

上個月，我在一份內部報告中，得知院內浮報健保點數與濫開自費的眞實數據愈趨嚴重，會議結束的隔天，不知爲何媒體便獲取這份數據報告，引起一陣騷動。

事後，高層將此責任歸咎於我身上，公告是我傳遞不實命令給醫療基層，才平息這場風波。

懲處來得很快，我被調離現職，負責編寫院內醫療電子報，辦公室在地下二樓，緊鄰著醫院往生室。

我拿起啤酒一飲而盡，冰涼的口感直衝腦門，笑說：「我也不知道要調適什麼，每天電話少了許多，只曉得氣不過時，想起隔壁還躺著那麼多遺體，好像也沒什麼過不去的。」

「這樣說也沒錯，只要還活著，能吃能喝就好，去他的。」吳廷岡幫我把啤酒倒滿，還順勢在玻璃杯緣敲了一下：「乾杯！」

「乾杯。」我說。

「上次我有看到你在網路連載的故事，寫得很好，我很喜歡那個虐殺流浪漢的變態，得到他應有的下場。」

他一邊收拾餐盤一邊回頭說。

「那就好。」

我微微一笑，夜已深，差不多該離開了，起身說：「沒辦法，當現實太過殘酷，總該想像另一個美好的世界是存在的。」

「我想也是，日子還是要過下去。」

「先走了，掰掰。」

站在深夜的台北街頭，此時捷運已經收班，正猶豫是否叫車或乾脆步行回住處。

這時，另一組客人剛從居酒屋出來，有個滿臉酒氣，脹紅著臉的中年男子邊走邊喧嘩，大聲笑鬧的聲音，吸引了我的目光。

沒多久，他搖晃靠近停在店門口的一輛銀色進口休旅車前，翻找著鑰匙，接著門一開，有一名五歲左右的小女孩，正在副駕駛座熟睡。

看來這位小女孩等了這位不稱職的酒醉父親許久。

我原本已經決定步行離開，但那小女孩熟睡的表情，對照父親脹紅的酒氣臉龐，腦中浮現接下來可能發生的悲慘車禍意外。

於是我撥了一通電話，結束後，靜靜走到休旅車旁，敲了敲駕駛座的玻璃，手機發出的白色強光直射那名酒醉父親的眼睛，引起他不悅的反應。

「你幹什麼？」

那中年男子酒醉得厲害，手伸到窗外往我領子抓來。

「先生，這是臨檢，請你配合一下。」我壓低語氣，平穩說出這段話。

那中年男子臉色刷地變白，開始慌張說道：「沒有沒有，我只是上車拿個東西，沒有要開車！」

「這樣啊，那不好意思，證件可不可以麻煩一下？」

「好好好……」

男子隨即懊惱地從公事包翻找，也不知道是太醉還是緊張，東西灑了一地，找了許久才交出來：「不好意思啊，警察大人。」

這時，後方有兩輛白色警用摩托車彎進巷口，發現了我們，騎過來。是我打的電話。

小女孩悠悠轉醒，一雙大眼睛盯著我瞧。

「沒事喔，妳乖乖睡。」

我對著她笑了笑，接著向後方的警察招招手。

眼前的畫面與我曾創作的故事畫面重疊，那天晚上，就像他一樣，酩酊大醉的男人。

在我創作的故事裡，也曾對付過類似的醉漢。

有時會有某種錯覺，無論是在故事裡，或者現實中，其實都沒太大的區別。

我叫何景城，當夜晚來臨，我在犯罪組織當編劇。

2.

我們的分工非常精細。

目前已知的職類就可分爲：導演、製作人、編劇、攝影師，以及美術指導。

乍看之下，就跟一般的劇組沒有兩樣，但了解實際工作內容後，就可以發現這些職稱僅有名字雷同，所做的事情與劇組根本毫不相干。

這個組織有個名稱：暗蕨。

專門在暗地裡，默默執行無法曝光，或者不被法律所認可的行爲，例如替別人尋回被搶奪走的財物、傳遞被禁止知曉的消息，甚至有時候，受託攻擊世上法律無法制裁的惡人。如同一株生長於暗處的蕨類，不起眼，緩緩生長，卻伺機而動。

簡而言之，就是一個非法的犯罪組織。

所有職位各司其職，宛如一個精密咬合的器械，一環扣著一環，沒有聲響，也不引起任何注意，在黑暗中靜靜推動那些無法見光的齒輪。

但暗蕨最神祕的工作，是替人重新塑造人生。

一年多以前，我還對暗蕨一無所知。

那天晚上，我剛結束醫院的經營管理會議，離開辦公室時剛過晚上十點，身後的白色巨塔在月光襯托下，看起來更白了，是那種冷酷冰冷的白。

我一個人坐在捷運淡水線末節車廂，堅硬的塑膠座椅僅能稍稍舒緩肉體的疲憊，每次將腦中的思緒專注於棘手的公事上，卻又被另一個古怪念頭拉回：如果我現在就這樣死去，世界也不會有任何改變吧？

明天太陽升起後，醫院的行政祕書依舊趕著最後的打卡時間衝進辦公室，發現一直以來習慣準時的經理居然沒出現在位置上，撥了通電話給我，沒人回應，接下來一連串的備案措施開始啟動，所有尚未完成的檔案都儲存在雲端系統，各式評估案由系統分派，陸續派給其他單位的經理協助處理，也許剛開始會有些怨言，但不超過三天的時間，規劃完善的龐大體系便自動修正這項缺失，我的消失不再造成體系內的困擾，想想若事後我再度現身，恐怕才是帶給團隊眞正的麻煩吧。

我一想到這，不禁苦笑起來，果然沒有人是不能被取代的。

捷運列車上方黑色的跑馬燈，閃過「中正紀念堂」字樣。

每回列車經過此站，身體便會下意識想起身，但今年這種情形已經減少大半。

小時候的老家和許靜織住的地方，就在出站後，走路十分鐘內可到的距離。靜織是我的女友，我們從小居住的地區剛好就在附近，直到大學一場地區聯誼會活動才相識。

那天是個豔陽高照的七月天，表演廳內的冷氣空調瞬間隔離外頭炙熱的暑氣，有個女孩留著一頭烏黑長髮，穿著淡藍色的無袖連身洋裝，圓圓帶彎的眼睛直盯著舞台上的話劇演員，專注的神情使人下意識順著她的視線，找尋台上是否正上演一場不可錯過的演出。

但我的目光，依舊停留在那個大學女孩身上。

事後，我才知道，靜織的夢想是成爲一名女演員。

而當年的我，也正夢想著成爲一名厲害的暢銷小說家。

那雙清澈又專注的眼睛，在兩人無意間視線交會的那一剎那，便認出彼此是同一種人，宛如生存在大自然裡的野獸，沒有過多的聲音，單憑某些氣味和印記，就能辨識彼此是屬於同一種生物。

於是我們幾週後便開始交往。

在那幾年，我們相互鼓舞加油。

靜織鼓勵我持續創作，她永遠是我第一位讀者，無論什麼類型的主題，她都能給予受用的建議，甚至有好幾次劇情裡的絕妙點子都是出自於她，也因此獲得了數個相關獎項。

而我同時也支持靜織參與台北的劇團試鏡演出，無論何種天氣，我們共乘著一輛機車，參與了台灣各地的表演，她永遠是台上最閃耀的那位，從底下觀眾的神情，我感到驕傲無比。

大學畢業後，我進入台北的首都醫院任職，從基層的儲備幹部開始，在醫院的工作雖然辛苦，但每日接觸的人事物，皆可成爲夜晚創作的絕佳素材，醫院是生命的開始之地，也是生命消逝之處，人類短暫的一生中，似乎與醫院的關係密不可分，所有喜悅的、悲傷的，都匯聚到這座白色巨塔內，如果要說這世界上最具有故事性的場域，我想非醫院莫屬。

在接下來的日子裡，我們成爲彼此最堅強的後盾，我守護著靜織，靜織支持著我，甚至認爲我之所以擁有這項創作天賦，根本的目的是爲了與她相遇，最後有沒有達到設定的暢銷作家的終點，其實都無所謂了，因爲我們正走在一條風景最美好的道路上。

但，這所有的美好，在兩年前的春天戛然而止。

那天我剛升上醫院經理的職務，由於業務交接，連續加班了好多天，正好靜織的演出來到醫院附近的展演廳，我估算了一下時間，應該趕得上下半場開始。

由於距離老家不遠，因此父母也特地前往觀賞靜織的演出，他們兩位很喜歡她，只要在台北有靜織的表演，一定排除萬難到場支持。

「你忙事業，是照顧靜織的未來，所以我倆替你照顧靜織的現在。」母親是這麼說的，她呵呵笑得很開心，八成是心底暗自竊喜即將得到一位美麗又優秀的媳婦。

電腦桌面螢幕顯示的時間才過晚上八點，接著又過了八點半、九點，那天晚上行政主管又臨時插入了隔日的專案報告，看著時間不停流逝，我知道錯過了靜織晚上的演出。

但無論如何，我還是在表演結束的前一刻，趕到了展演廳。

靜織在台上穿著華麗的粉白緞面戲服，那是我最喜歡的一套，純白柔順的觸感，就像她給人的感覺。

她在全場熱烈的掌聲下，穿出一列演員群，站到中央，微微敬禮致意，回應底下熱情的觀眾。

她笑得很滿足，我知道此刻的她一定很快樂。

靜織環視著台下的觀眾，發現站立在角落的我。

我向她揮揮手，惹得她在台上噗哧一笑，對我比了個勝利的手勢。

靜織和我們三人在停車場碰面時，深色大外套底下的粉白色洋裝還來不及脫，她像隻靈巧的兔子鑽進後座，然後用飛快的語速，說道：「我就知道你們會來！景城你知道嗎，今天的演出眞的太有趣了！你猜猜我在後台遇見了誰？他——」

我和靜織坐在後座，父母在前方開車，車裡都是她興奮雀躍的聲音。

臉上永遠都帶著開朗笑容的靜織，只要有她在的場合，似乎不曾少過歡笑。

「太好了！下次要是再碰上他，記得多跟對方介紹妳自己哦！」

我很開心，不是那個大明星，而是靜織距離她的夢想越來越近。

原本看似遙遠的舞台，她終於漸漸站穩了一席之地。

就在這個時候……

紅燈轉綠燈，車子剛起步不久，沒有人發現右側有輛沒開大燈的黑色賓士，正以破百的時速衝來。

黑色賓士首先撞擊上我們的右側，強烈的衝擊使得車輛瞬間翻覆，碎裂的玻璃炸開，但劃在身上還來不及感受到疼痛，整個人彷彿就被扔進一座超大型的洗衣機裡，不停翻攪，不知道何時結束，也不知道這一切最後是怎麼結束的。

等我恢復意識時，已是在首都醫院的急診室，急診室仍然是我熟悉的忙碌畫面。

幾位院內同事在我身邊來回走動，我身上接了幾根透明管子，輸液緩緩流進我的手腕，我可以發現在手臂裂開的傷口處，還卡了幾顆玻璃碎片，動了動手，撕裂的痛感瞬間趕走我昏沉的意識。

母親走了。

而靜織在觀察室頑強地撐了一週，當時我也傷得很重，肋骨斷了幾根，其他的挫傷和擦傷更是不計其數。

我最後是在個人儲物間找到那件粉白緞面洋裝，血跡已變成暗沉的咖啡色，我懷抱著那件洋裝，蹲坐在儲物間痛哭，每一次的啜泣皆是難忍的撕裂痛楚，眼淚滴在洋裝上，沾濕了布料，暈開乾掉的血液，胸口染上再也抹不去鮮血的痕跡。

那件緞面洋裝，觸感仍然細緻柔順。

主治醫師說她很勇敢，從沒見過如此勇敢的女生，一滴眼淚都沒掉。

我點點頭，我說她還有你不曾見過更堅毅的時候，可惜你認識得太晚了。

住院第七天的清晨，靜織死了。

一個月後，我和父親出院。

但身體某個部分，仍遺落在醫院裡，永遠消失。

我和父親居住的地方，搭乘捷運不過幾站的距離，但自從這件事發生後，我選擇步行，因爲我需要一段獨處的時間，好好思索該如何面對同樣失去伴侶的父親。

每次回老家的時間，大多是週末晚上，然後在我小時候的房間睡一晚，隔日才返回現在的住處。

父親今年剛滿六十六歲，我今年三十三歲，剛好是父親一半的歲數，但我們兩人失去摯愛的傷痛，不會因年齡而有所差別，心裡空掉的那一大塊，有重疊的影子。

父親是個堅強的人，他在我這個年紀，就獨自經營一間鋼鐵工廠，在台灣正值經濟起飛的年代，人家說做什麼都賺，但我知道人們眼中豐碩的成果，都是血淚與汗水換來的，天下眞的沒有白吃的午餐。

如果有，它一定很貴。

這道理是父親教我的，我對他的印象，永遠是如此勤奮，心裡想要的，就靠自己的雙手去掙，去拚搏，也許會跌得滿身是傷，但最後仍笑著挺起腰桿，才是贏家。

但每個鋼鐵般的男人，背後都有水一般的女人溫柔地承接。

那就是我的母親。

自從她離去後，我每次返回老家，父親總是獨自一人坐在沙發上，眼中看著電視，但我知道父親根本沒有看進去，只是任憑光線射入眼底，接著消失。

我都不曉得究竟是人在看電視，或者人給電視看。

當年意氣風發的飄泊少年，也在居住多年的住所裡逐漸委靡。

我同時承受了失去母親與摯愛的痛苦，但我還年輕，還有受傷的體力，那些逝去的遺憾，如果不能消失，那我就設法將它永遠存留。

那晚，我坐在高中時念書的老家書桌前，托著臉頰拚命思考。

放眼望去，眼前所有的擺設幾乎與當年離家時一樣。

我費了一個晚上的時間，寫了數篇短篇小說，故事是述說天生原本應是相剋的婆婆與媳婦，兩人在國外被迫學習自助旅行，一路從倫敦到巴黎，再從布拉格到羅馬，一連串的女子冒險，她們沒有男人在身邊，靠著與生俱來的韌性與勇氣，克服種種阻礙，最後當她倆終於返回台灣見家人時，這兩人不曉得哪根筋不對，相視一笑，接著又攜手飛往紐約，說要繼續她們女生未完的冒險。

「就是不想回家見我們倆，對吧？」父親看完故事後淡淡說。

「不是，我認爲她們依然很掛念留在台北的家人。」

「那爲什麼不趕快回來？」

「這樣以後見面時，才能炫耀她們去過這麼多地方，你也不是不了解這兩個女人。」

「說的也是。」

在這半年來，我第一次看見他露出微笑。

而我在見到父親的笑容那一刻起，才眞正從車禍意外的陰影中走出來，忽然明白，自己擁有的創作才能，是有用處的。

在出院後半年，我終於開始重新認眞寫作。

因爲我知道，如果眞的有魂魄，靜織一定會在一旁皺起眉頭，逼我坐在電腦前，大聲嚷著：「喂！你還要這樣下去多久？我都已經飛去全世界看完一圈了，結果你還在原地，難道你也想變成阿飄嗎？」

寫作的感覺會因時間拉長而感到生疏，但創作的靈魂永遠不會，它就像一顆易燃的火種，就算擱置再久，只要有火星，依舊會再度燃燒。

而那微微的火星，我隱藏得很好，我希望能找回那無法回首的悲劇夜晚，黑色賓士的主人。

聽說那天駕駛也受了傷，雖然喝得爛醉，但在安全氣囊的保護下，傷勢不足以致命，他被轉送至另一家區域醫院進行治療，卻在幾天後，任何手續都沒辦的情況下，就這樣消失在院內，被警方通緝至今。

起先我十分憤恨不解，甚至想衝至該醫院質問當班的醫療人員或警衛，但後來冷靜想了想，這麼做也於事無補。

於是我開始創作，我不讓母親和靜織的生命白白消逝，我希望她們仍繼續存在，於是我修改了那晚寫給父親的故事，以兩位女生爲藍本，創作了幾則推理解謎的小說故事，以 Louvre 作爲筆名，那是法國羅浮宮之意，是靜織最喜歡的地方之一，陸續發表在網路平台上。

在故事裡，她倆攜手合作，暗地破解了許多世上難解的案件，當然也乘機除掉不少惡人，手段驚人。

透過創作的過程，人物隨著劇情推移，更了解彼此，我也更了解自己。

我不知道是否有藉此更深入了解靜織的想法，或者只是拿起一堆虛構的謎團，掩蓋那晚受傷難癒的傷口。

隨著故事越寫越多，網路上的回響也逐漸打開，有許多讀者會來留言區留言，分享他們對劇情的看法，其實更多的時候是依據個人喜好，因此有關的讚美或批評，我一概不回應，不希望故事中的靜織，被別人所左右。

在某個平常的夜晚，我獨自坐在電腦前，將最新的小說進度發表至平台。

這時，底下即時通訊的郵件符號，突然閃爍起來。

我只覺得奇怪，即時聯繫作者的功能，我早就取消，照理是不會有人可以直接聯繫我才對，但我仍點開對話視窗。

「我們需要你的能力。」對話框上簡短寫著。

我滿心疑惑，正猶豫是否要回覆時，另一則訊息又傳了進來。

「更正，是世界需要你的能力，如果你明知事情會往糟糕的情況發展，你卻依然放任讓事情發生，你知道這是什麼。」

共犯。我知道他想說什麼，卻不明白他要我做什麼？

「你是誰？」我輸入對話框，按下發送。

對方靜止了三秒後，對話框彈出。

「導演，我的名字是『導演』。」

這就是我和暗蕨相遇的過程。

3.

暗蔽是一個非典型的犯罪組織，它從不主動傷害無辜的民眾，因此一般人無從得知它的存在，它也不像一般的黑道集團，進行各種非法的地下勾當，所以警方也無法進行偵查。

所有的足跡，就像冬日落在泥土地上的一片雪，太陽出來後，什麼痕跡都見不到，冰冷的雪花早已化成水滴，浸入地底，默默影響周遭的植物。

人心也是。

「只要承受一點點外在因素的影響，就容易引發根本的改變，我們要做的，僅僅如此。」

導演是這麼說的。

我從沒仔細看過導演的相貌，更準確地說，他只出現在浮木居酒屋的閣樓小房間。

那座閣樓小房間，就稱作「暗蔽之屋」。

雖說「暗蔽之屋」十分隱蔽，但關於它的傳聞，一如神祕詭譎的都市傳說，只在網上流傳。

據說，那座小閣樓可以扭轉命運，就像在演出中場休息抽換人生劇本，獲得重新選角的機會。

唯有一個限制，已經在過往時空死去的人，無法復活。

那麼，究竟何人可以進入「暗蕨之屋」？

「由你來評斷和重寫他的人生劇本，這就是我找你加入的原因。」

導演隔著閣樓小房間的老舊歐式木門說話，上頭的紅漆已剝落殆盡，顯露底下的原木色。

他的聲音有些沙啞，應該有點年紀。

「啊？爲什麼是我？」

「因爲我們同樣是受過傷的人，還有……」他停頓了幾秒，又說：「一個好的編劇，不會限制導演和演員發揮的空間，就像一個優秀的建築師，將房屋外觀設計好後，內部裝潢交給實際使用的人來規劃，彼此不會互相干擾，我相信我們可以合作得很順暢。」

「但如果你是『導演』……誰又是『演員』？」

「那些想進入『暗蕨之屋』的人。」

「我知道了，可是具體該怎麼執行？」

「你只需要把寫好的新人生劇本交給委託者，請他帶進『暗蕨之屋』，接下來就是導演的工作了。」

「好吧，聽起來不是很困難。」

雖然「暗蕨之屋」的傳聞只在都市陰暗處流傳，但反轉人生際遇的神奇魔力，果然吸引不少人一探究竟，單純喜好熱鬧的人們，可是還有三點條件必須說明。

第一點，委託者必須提供另一名參照對象，作爲編劇改寫的人生範本。

第二點，雖不須徵得參照對象同意，但某種程度也算竊取了他人的人生，因此對方生命中的好與壞，皆有機會一併承接。

第三點，任何打算進入暗蕨之屋的人，必須支付擁有的全部財產作爲費用。

負責收取費用的是浮木居酒屋的老闆吳廷岡，他也是暗蕨的其中一員，擔任「製作人」的角色。

「如果有人說謊怎麼辦？」

我好奇問道。

「說謊？」

「就是謊報身上的財產啊，如果他身上明明還有更多錢，卻隱藏不告知。」

吳廷岡穿著潔白的日本料理服，熟練地切著新鮮食材，每一刀宛如藝術家繪畫般流暢。

「不會的，規定就是規定。」

他站在櫃檯後方冷靜說，高壯身軀給人不容忽視的龐大壓力，氣氛瞬間凝結，但吳廷岡表面依然一派輕鬆。

「犯罪組織啊……果然不簡單。」

我不禁苦笑起來，白色的啤酒泡沫在玻璃杯裡搖搖晃晃。聽說吳廷岡當年還在日本居住時，家裡跟山口組有著密切的互動關係，看來傳言不假。

由於代價如此巨大，絕大多數的客人聽了無不打退堂鼓，以至於也有不少人認爲這根本是一場騙局，實際上並不存在什麼「暗蕨之屋」。

我們從不宣傳，也不刻意隱藏。

但前來打聽的人，似乎有逐漸增加的跡象。

對自己人生抱持不滿態度的人，似乎比我想像中還多。

「你說什麼！賣完了？怎麼可以這樣！」小繪從椅子上彈起，尖銳的叫聲引起居酒屋客人的側目。

「妳小聲一點行不行，客人都在看妳。」吳廷岡在調理台前整理桌面，皺起眉頭說。

「不是啊，我專程來吃你的串燒耶！」小繪仍低聲嚷嚷，看來她是眞的很期待吃到吳廷岡的招牌料理。

她是小繪，今年二十八歲，留著咖啡色馬尾，戴著黑色粗框眼鏡，穿著牛仔短褲，外表看起來比實際年齡年輕，若被人當成大學生也是相當正常的事，此外，她也是暗蕨的一員，擔任「美術指導」的工作。

所謂美術指導，是在委託案件發生的現場，進行所有符合劇情的布置，並且不被警方與任何人察覺異常，必須具備高度的細心與觀察力。

一般來說，大部分前來尋求暗蕨幫忙的人，都是對現實不滿、渴望改變人生的人，可是聽見需要付出所有的身家財產作爲費用時，幾乎都瞪大雙眼，直呼不可能，卻又不忍離去。

因此暗蕨提供另一折衷方案，只要能負擔一定的金額，暗蕨的成員一樣能替委託者的人生做有限度的改變。

例如前一陣子，曾有一位染毒的刑警，擔心事情曝光將賠上工作，因此不願前往戒癮治療中心，但由於他太熟悉台北各地的藥頭與地下黑市，導致每回毒癮發作時，總是克制不住地去跟毒販購買毒品。

記得那回，我替這個刑警撰寫了一部戒癮劇本，其中有一個橋段是將北台灣所有地下黑市的白粉，替換成市售的麵粉，讓人有錢也買不到。

這是我和暗蕨成員開的一個小玩笑，心想這應該會難倒他們。

只見小繪輕鬆應了聲「知道了！」接著便興沖沖去執行了。

一個月後，北台灣的黑市毒品交易大亂，甚至出現好幾起黑幫之間的火拼糾紛，從那時起，我便對暗蕨的實力毫不懷疑。

「好吃好吃！還是老吳你對我最好了。」

「就當作是賠罪吧。」

「那我還要一杯生啤酒！」

「嘖……眞是的，好好好，馬上來。」

吳廷岡無奈地兩手一攤，擦乾手，轉到櫃台後方，朝冰箱走去。

小繪嘴裡津津有味吃著吳廷岡方才端出的炒烏龍麵，這道菜也是浮木居酒屋的拿手料理，她一邊嚼著麵條，一邊說：「欸，景城，還記得上次那個開診所的醫師娘嗎？」

「醫師娘？妳是說被林小姐當成人生範本的那位？」

林小姐本名叫林雨琦，是少數付出全部身家財產進入「暗蕨之屋」的委託者。

那天晚上她坐著輪椅來到浮木，她的左腳有萎縮的跡象，是後天疾病導致的身體障礙。

林小姐的先生是任職醫學中心的年輕主治醫師，家庭收入稱不上非常富裕，但仍比一般上班族好上許多。若要說缺點，恐怕是老公年資尚淺，每月有許多天要在院內待二十四小時以上的值班時間，鮮少在家，但林雨琦卻十分羨慕隔壁開診所的醫師娘羅太太，先生幾乎都在診所內治療病患，收入頗豐厚，家庭看來也非常和樂。

因爲我也在醫院任職，很清楚年輕醫師的辛苦與無奈。

「我記得啊，怎麼了？」

「她死了。」

「死了！怎麼回事？」

我想起前一陣子還曾路過那間診所，羅太太親切在櫃檯協助病患掛號的模樣。

「不曉得，聽說是得了癌症走的，惡化的速度很快，一下子就過世了，感覺也算是一種福氣。」

小繪從容地回答，讓我略感驚訝。

「這麼會這樣……」

我托著頭，苦思那陣子替林雨琦撰寫的「新人生劇本」，那天晚上我們也是坐在浮木居酒屋，她坐在輪椅上，我坐在她對面，中間隔著一張餐桌。

剛開始的時候，林雨琦話不多，因此對於她眞正的想法我也不太清楚。

「你……眞的可以改變我的人生？」

林小姐不安地問道。

「可以，但不是我，我只負責幫忙寫妳想變成的新人生角色，剩下的工作並非由我執行。」

「喔……好。」

她默默點著頭說。

「那麼我想了解一下，妳對自己現在的人生有什麼不滿的地方？」

我凝視著她的雙眼問。

此時我注意到，她小心避開我的視線，抿著嘴，露出一抹我不曾見過的複雜情緒。

每個尋求暗蕨協助改變人生的人，心中總是千頭萬緒。

我沒有催促她，只是靜靜看著眼前這位年輕的小姐，耐心等待著。

「好，希望你聽完不會覺得我是個奇怪的女人。」

林雨琦終於打破沉默，緩緩地說。

她述說這些年來，因身體障礙遭受種種不公平的歧視，幸好她先生對她很好，到處尋找能夠治療她的方法，無奈進展有限。

近幾年來，她先生忙著醫院業務與教學研究的工作，陪伴她的時間變得更少了，據她所說，感覺像是先生已經放棄了希望。

接著林雨琦停頓了一會兒，突然向我抱怨起來，最近所有大小事都是她一個女人張羅，例如前陣子生病了，也是一個人自己搭車去醫院，好像有沒有老公都沒差。

我靜靜聽著，問道：「所以妳希望有一個……先生可以正常陪伴在妳身邊的人生，我這樣說對嗎？」

林雨琦想了想，點點頭，斷斷續續又說：「……如果我老公運氣再好一些，有自己的事業那就更好了，啊，對了！就像我家附近的羅太太，你知道嗎？她家老公也是醫師，可是他們就不一樣，家裡開的是診所，生意好得不得了，我每次經過都好羨慕，你能不能也把我變得像羅太太一樣？還有，如果可以讓我像你們一樣，正常走路的話……」

林小姐一口氣說完，臉上浮現一絲扭捏的表情。

但我知道，這才是她真正想要的。

「沒問題，按照規定，只要不是什麼傷天害理的事，我都可以幫妳寫進去。」

其實暗蕨並沒有這項規定，這是我給自己加上去的，也算是我自己創作的規矩。

「但……清楚費用嗎？」我想再次提醒她。

「嗯，我很清楚，是我所有的財產對吧？」

「是的。」

「我願意，反正我也不是什麼有錢人，每個月底還是會煩惱帳單，如果全都給你們，可以換到像羅太太一樣的人生，想必不用多久，一下子就賺回來了吧！但我先說好，只有我個人的財產喔！」

「當然，如果多給，我們也不收。」

那時，吳廷岡也在一旁補充說，他是「製作人」，收取費用的任務由他處理。

「好吧，都在這裡了。」

林小姐遞給吳廷岡一個咖啡色的信封袋。

「交給你了。」

廷岡拿在手裡，沒有立刻拆開，拍了拍我的肩，繼續回到他調理台的工作。

一個小時後，依據林小姐的期望，我將撰寫好的人生劇本寫在筆記本上，那是我專門用來幫忙委託者，寫下修改他們人生劇本的筆記本。

我把方才討論的內容整理進去後，撕下對摺，領著她朝浮木居酒屋的閣樓小房間走去。

居酒屋是由一棟日治時期保存至今的舊建築改建而成，外觀還看得出那個年代的洋風痕跡，原本這棟建築一共是三層樓，閣樓據說是六十年前屋主另外加蓋的，因此是在位於三樓再往上一層的空間。

林雨琦行走不便，卻拒絕我扶她上樓的提議，自己一步一步抓著光滑的石梯扶手，用力向上走。

速度雖慢，額頭還滲出汗水，但她最終仍走到了，我靜靜在旁陪著她，感受到她想改變的決心。

「這裡就是『暗蕨之屋』?」

「對,等等請妳拿著這份劇本進去。」我說完將對摺的劇本交給她。

「看起來……年代有點久,好像沒人居住啊。」

「別看它這樣,可是會改變妳的一生喔。」我一邊說,一邊在門上敲了兩下。

沒有人回應,裡面靜悄悄的。

「會不會沒有人在?」林小姐有些遲疑。

「讓我再試試。」

我說完正打算再敲,忽然想起導演曾說過,「暗蕨之屋」的鑰匙就在門旁的青銅石獅像裡,自己開門就行。

我尷尬地搔了搔頭,轉身走到右側小桌,那座石獅頂多三十公分高,張著嘴,彷彿是古代墓穴的鎮墓獸。

「等我一下,啊,有了!」

我朝石獅的嘴裡摸去,拿出一支暗古銅色的鑰匙,觸感非常冰涼,像從冰箱裡剛拿出來一樣。

「馬上好。」

「等等會發生什麼事?可以先跟我說嗎?」林小姐忽然有些緊張。

「其實我也不太清楚，這間房間只有導演和當事人可以進去，但放心，不會有事的。」

鑰匙孔發出「咔」的聲音，木門朝內緩緩推開。

內部沒有開燈，隱約可以見到室內中間，擺放著一張深褐色的古董書桌，桌上放著一座早期的歐式檯燈。

透過室內盡頭的格狀玻璃窗，台北閃爍的霓虹招牌燈光此刻像是一顆一顆的五彩光球。

「好美，像星星一樣。」她望著房間盡頭的窗外說：「好，我準備好了！」

林雨琦將她期盼的人生劇本緊緊抱在胸口，深吸一口氣，踏進「暗蔽之屋」。

我望著林雨琦逐漸陷入黑暗的背影，就在這個時刻，我忽然感到一陣頭暈。混雜喜怒哀樂各式各樣的情緒湧上心頭，強烈的衝擊使我眼前模糊起來。

就在林小姐即將消失在「暗蔽之屋」深處時，我看見另一個男人的身影，他的五官很模糊，戴著一頂鴨舌帽，鬼魅一般站在我和林雨琦之間。

「歡迎，讓我看看妳嶄新的人生吧。」導演說完瞥了後方的我一眼，木門隨即緩緩關上。

4.

「死了？眞可惜啊，我還想趁休假的時候去看診的，但現在好像不是時候。」吳廷岡拿了幾個冰鎮過的啤酒杯，慢慢倒入漂亮金黃的清澈啤酒。

「我想羅醫師應該很難過吧……」我想起父親失去另一半的畫面，神色不免黯淡下來。

「你眞是個溫柔的人呢！」小繪拿起啤酒喝了一大口，緊瞇著眼叫道：「好冰！果然啤酒就是要喝冰的才過癮！」

「咦？我這是正常人的反應才對吧。」我不甘心抱怨道。

「是嗎？」小繪圓圓的眼睛瞥向吳廷岡，像是在尋求答案。

「我想景城說得沒錯。」吳廷岡說道。

「哎呀，眞是搞不懂你們倆，人終究難逃一死，只是早死晚死的差別。」

「可是留下來的人，會很難過。」

我說完，灌下一大口啤酒，冷冽的觸感直達腹部。失去的感覺，眞是糟糕透了。

「別這麼悲觀呀，像羅太太有這樣幸福美滿的人生，就連最後走的時候也沒太多痛苦，就像就像……」

「像電腦關機一樣。」

另一個年輕男生的聲音從後方傳來。

「凱文！你來得正好！正好趕上老吳請喝啤酒，快快快，坐這邊！」

小繪熱情地招呼他。

凱文是暗蕨的「攝影師」，還是個大一新鮮人，生得白白淨淨，很斯文的長相，卻留著一頭亂髮。

「剛下課？」吳廷罔問。

凱文點點頭，坐到吧台的椅子上，靜靜地喝著啤酒。

他的話一向不多，乍看是個沉默寡言的青年，甚至還有點害羞，但卻擔任暗蕨的攝影師一職，這是一份需要眞的「弄髒手」的差事，如果我編寫的劇情裡，非得出現暴力的橋段，那麼負責動手的，便是眼前看似弱不禁風的凱文。

聽說凱文以前待在美國時，是個數理資優生，在高中時得了不少競賽獎項，原本已經進入麻省理工學院就讀，但不曉得發生什麼事情，突然一個人回台灣，四處遊蕩。

數月前，他在浮木居酒屋店門口和正準備關店的吳廷岡相遇，就這樣成爲這裡的常客。

值得高興的是，他最近生活逐漸踏入正軌，晚上家教結束後，還會到店裡幫忙打工。

至於他爲何從美國回來的原因，大家都不曾主動提起。

現在正值九月，下個星期是中秋節，居酒屋裡的生意越來越好，才晚上八點半，一批客人剛走，門外又聚集一群等著入店的客人。

凱文喝完啤酒，主動來到廚房水槽前，洗刷上一組客人使用完畢的餐盤。

我也捲起袖子，協助清理桌面。

而小繪蹦蹦跳跳地去到店門口，熱情招呼等候的客人，逗得門口幾位大叔哈哈笑。

其實這是大家一起共事後，自然而然養成的默契。

夜深了，隨著客人逐漸散去，小繪和凱文先離開，吳廷岡解下頭巾，呼了一大口氣，今晚的工作終於結束，他露出滿足的笑容。

「今天下午的時候，林小姐來過店裡。」吳廷岡站在櫃檯旁說。

「誰？是那個林雨琦？」我有點訝異。

「對，你們稍早在聊的那位。」

「她還好嗎？」

我很好奇林小姐是否有照著新人生劇本的規劃走，多問了兩句，但馬上就後悔了：「啊！抱歉，我不該多問的。」

一般來說，由於暗蕨執行的委託案，大多是遊走於法律邊緣，甚至是非法的行動，除非有修改的必要，平時編劇是不太過問實際執行的狀況，以免將來惹禍上身，這也是保護彼此的做法。

但我總是忍不住多問，尤其這個案件已進入了「暗蕨之屋」，更引起我的好奇心。

「她過得很好，不過……」

「不過？」

「過得好像太好了。」

「啊……什麼意思？是偏離當初我規劃的劇本嗎？」

我忽然有點緊張，音調不由自主地提高。

「不，正好相反，是完全依照劇本走。」吳廷岡說。

「那不是正好嗎？哎！所以她的腳也康復了？」

「沒錯，她今天是自己走進店裡的，我看不出她有任何行動不便的跡象。」

我點點頭，雖然驚訝，但這不是第一次聽說「暗蕨之屋」的能力，就連身體殘缺也可以完全治癒。

這時吳廷罔從口袋掏出一張名片，上頭印著一間診所的標誌，地址位於台北市精華地段，租金一個月少說也要幾十萬。

「難道是她先生開的？」

我直覺想起林雨琦期盼的新人生劇本之一，就是擁有一間跟她的鄰居羅太太一樣的診所。

「對，上週剛開幕，生意非常好，她今天特地來道謝。」

我手裡拿著精美的名片，讚嘆「暗蕨之屋」的能力。

但下一秒，心中好似有個陰影飄過。

「想講什麼就說吧，反正店裡也沒其他人。」吳廷罔抬頭看了我一眼，說道。

他的心思縝密，有時不用多說，便可猜出一二，很少事情能瞞得過他。

「好吧，那我就直說了。」我停頓了一下，繼續道：「一直覺得奇怪，羅太太原本好好的，卻突然生病過世，走得那麼快，現在羅醫師的診所也暫停營業了，想想這也太巧了。」

「你的意思是？」

「我只是推論，這跟林雨琦將羅太太的人生……當作人生範本，會不會有某種關聯？據我了解，『暗蕨之屋』僅能抄襲別人的人生，而不是整個搶走。」

「你想說的是，暗蕨幫忙林雨琦偷走羅太太的美好人生？」

吳廷岡毫不遲疑點出我心中的陰影。

我點點頭。

「沒這種事，這跟一般收費的案件不同，那兩個小鬼就連劇本都沒看過。」

他指的是小繪和凱文，通常有委託案都是由他們去執行。

「我想也是……」

「嗯。」

「所以單憑『暗蕨之屋』就可以達成這種程度，真是不可思議……」

我望著居酒屋通往樓上的狹窄樓梯。

感覺自己的心跳默默加速。

「暗蕨之屋」究竟是什麼？

5.

台北西門町一整年遊客都很多，來自世界各地的遊客基本上都不會錯過此地。

浮木居酒屋剛好位於西門町內的巷弄，和人潮洶湧的徒步區還有一小段距離，因此真正會繞進這條巷弄的，大概僅有少數喜愛四處探險的外國遊客，以及被浮木居酒屋老闆吳廷岡手藝吸引來的老饕。

居酒屋內部空間不算大，三張方桌，再加上調理台前四張椅子，就是所有的營業空間，因此一到用餐時間，總是容易客滿。

我上班的醫院離這不遠，下班一有空便繞過來此地，吃頓晚飯才離開。但真正的原因不是對吳廷岡的料理上癮，而是有其他的因素。

原因在於，暗蕨執行委託案的收費極高，就算是一般案件也是如此，但可別搞錯裡頭的成員可以平分利潤。

所有的案件收入，扣除高昂的執行成本開銷後，剩餘的部分，全都存進浮木居酒屋的戶頭，由製作人吳廷岡統一保管。

收入不會分配出去，但在這裡的消費都可以用帳戶裡的金額扣除，因此暗蕨的成員一有空，就往居酒屋跑。

由此可知，我還是得繼續待在醫院工作，一切的生活照舊。

週五晚上，又結束辛勞的一週，街上遊客和外出用餐的行人漸多。

我剛吃完居酒屋的套餐，悠閒坐在吧台的位置，吳廷岡忙進忙出的，沒太多空閒時間招呼我，我獨自坐著，隨意翻閱一本雜誌。

身後傳來喀啦喀啦的聲響，那是木門底部滾輪被推開的聲音。

「好餓……老吳，我要豬排蓋飯！」

小繪爽朗的聲音從門外傳來，幾位靠近門口，還在用餐的粉領族似乎被嚇了一跳，只見她們尷尬地裝沒事，抬起頭撥撥頭髮，繼續吃飯。

「我也要，謝謝。」

凱文也跟著後面進入，看見我坐在吧台附近，打了聲招呼。

「嘿，景城你也在呀！」

小繪坐在旁邊的位子，並替凱文和自己倒了一杯水。

「嗯，剛下班。」我說。

「我也是，累壞了。」

「咦？今天是星期五耶……是剛剛收尾完畢的意思？」

小繪平時在藝廊從事布展相關工作，平時假日固定要去公司幫忙，週五反而輕鬆一些，但現在她看起來卻有些倦容，想必跟暗蕨的工作有關。

「嗯，就是那個酗酒的傢伙。」

小繪說的是前一陣子新接的委託案，有位住在內湖的富商酒後總是毆打自己的妻子，他的妻子雖然衣著華麗，卻掩蓋不了全身都被家暴的痕跡，新舊傷痕不斷。有天她來到浮木居酒屋，希望暗蕨殺掉她的丈夫。

只是那天，我拒絕了。

這男人雖可惡，卻不至於非死不可，我從妻子提供的對話紀錄和對待孩子的態度發現，他清醒時仍保有對家人的關心，只是酒後判若兩人。

此外最關鍵的一點是，我察覺有部分新傷，是妻子自己事後加上的。

但委託案既然找上門，我還是得想個法子。

我從過去寫過的小說故事裡，改寫了三個劇本，讓妻子從中挑了一個。

依照劇本規劃，我將富商住家和公司的所有液體容器，包括水塔，全都替換成酒，弄得富商公司的每個員工都醉醺醺，一連丟了幾個大案子。

聽說那名富商最近虧損連連，起初以爲是自己酗酒到精神出毛病，終於開始認眞面對自己的問題與家人。

「其實妻子不是眞的打算殺害先生，要不然，她也不會選擇這個劇本了。」我解釋。

「原來如此，我還以爲這次終於有凱文上場的機會。」

「殺了人，就回不去了，無論是對那位先生或妻子來說，都是一樣。」我抓抓腦袋補充說。

「對我們來說也是。」

吳廷岡繞回廚房調理台拿做好的料理，扔下一句話後，又去忙了。

他說話的語氣很乾脆果斷。

「對唷，景城你是編劇，跟死神沒什麼兩樣，被你盯上就糟糕了，好恐怖。」

小繪一邊說，一邊低頭看著香氣四溢的料理，發出奇怪的聲音。

「哎？規矩又不是我訂的。」

我兩手一攤，無奈地說，但隨即想到這是攸關性命的事，如果我眞的在劇本裡寫了殺人的劇情，他倆也會二話不說地去執行，越想心裡越覺得沉重。

「不過……收尾的時候，眞的好險。」凱文忽然開口說道。

「出了什麼意外嗎？」

「昨晚半夜我們闖進富商的別墅，正好跟兩個小偷碰在一起。」

凱文輕描淡寫地說，卻讓我瞪大了雙眼。

「什麼！是竊盜集團嗎？你們沒被看到吧？」

「哈哈，看你嚇成這樣，放心！」小繪看見我的反應直笑。

「所以？」

「那兩個小偷好像不是串通好的，應該是恰好看上同一個有錢人家，一個從陽台的落地窗潛入，另一個則從小孩書房爬進去，要不是我先把警報器解除，那兩個笨蛋怎麼可能那麼容易闖入。」小繪一臉輕鬆地說。

「嗯嗯，小繪說得沒錯，不過……他們也很有趣，同時在客廳碰上面，兩人立即打了起來，卻又不敢出聲，其中一個的手腕都被折傷了，也不敢叫出聲。」

凱文像是在模仿小偷打架的招數，在空中比劃幾下，動作有些滑稽。

「那最後怎麼處理？」

「我後來實在忍不住，怕吵醒主人家，所以乾脆摸到客廳沙發上坐著，手裡還拿著酒瓶，故意咳了兩聲，靜靜盯著他們，他們以爲我是主人，嚇得就要往門口跑，於是我先打昏了他倆，趁天黑扔在路邊了。」

「哈哈，眞是兩個倒楣的傢伙。」小繪呵呵拍手笑著。

「是啊，碰上你們倆眞夠倒楣的，不過說也奇怪，不管有錢沒錢，這些人似乎都還是跟他們自己同類人競爭呢……」我說道。

「這些人？」

「咦？景城你說的是……」

小繪頭彎向一側，露出疑惑的表情。

「你說的是林小姐對吧？」吳廷岡送走最後一組坐在門邊的粉領族客人，忽然開口說。

其他人立刻明白，我講的是進入「暗蕨之屋」，擁有新人生劇本的醫師太太林雨琦。

「聰明！」我笑著說。

「爲什麼呀？」凱文不明白這兩者的關聯，立刻發問。

「一組是小偷，一組是醫師太太，只要碰上彼此競爭的情況，依然沒有什麼區別。」

雖然林小姐的社會經濟條件，比那兩個小偷都高多了，但人類似乎永遠沒有滿足的一天，一旦遇上與自己差不多階層的人，例如同爲醫師夫人的羅太太，依然會彼此暗中較勁。

兩個小偷竊取的是比自己高階層的富商財物，但仔細想想，能從富商家偷走的錢財實在有限，富商也不會因此而淪落爲竊賊，可是這兩個小偷一旦狹路相逢遇上了，就得互相拚命。

競爭果然只存在同一類人之間。

凱文似懂非懂地點點頭，陷入了長考，接著突然抬頭說：「原來是這樣。」

「什麼？」我疑惑地問。

「以前還在美國的時候，覺得學校太無趣了，所以不想繼續念，現在才知道原因。」

「凱文你不是念麻省理工學院嗎？」

「是啊。」

「這樣還覺得無聊？裡面不是一堆天才嗎？」

「嗯……這樣說也沒錯。」

「好吧。」我無奈地苦笑：「原來這就是天才的煩惱。」

吳廷岡和小繪兩人互看一眼，接著放聲大笑。

「到底有什麼好笑的……」

凱文低聲咕噥，臉上露出困惑的表情。

6.

在醫院工作的人，平時接觸各種病痛，容易養成兩種極端的生活態度。

一種是了解健康的身體不是與生俱來的，因此總是十分注意保健，出入公共場所會自動戴起口罩，平時一有空便往健身房跑，維持規律的運動，以免變得跟每日爲伍的病人一樣。

而另一種極端，則常發生在醫師身上，也許是太過了解自己的人體結構與組成，或者外部誘因太多，許多一般人常見的不良習慣，例如抽菸喝酒等，有些醫師也都來者不拒，相信這跟工作壓力應該脫不了關係。

而我近期開始逐漸養成慢跑的習慣，但有時也會跑著跑著，就來到浮木居酒屋，一杯冰涼的啤酒灌下肚，罪惡感跟著二氧化碳一起湧上腦袋。

明明知道應該抗拒誘惑，但心裡又想補償自己的辛勞。

人類的意志有時候就是這麼脆弱。

這是一個深秋的假日夜晚，我在公園連續跑了半小時，或者更久的時間，然後獨自坐在椅子上休息。

小公園人並不多，種植的雜木樹葉都已枯黃，紛紛落到石磚鋪成的人行步道上，夜晚的微風吹過皮膚有清爽的感覺。

傍晚下了一場大雨，步道上的葉子被雨淋濕，空氣有潮濕和泥土的氣味。

我回想起小學一年級的時候，似乎就是在這裡練習騎單車的。

記得我剛學會騎單車的時候，也跟此刻一樣，是個雨後的日子，那時候父親和母親都在。

我騎著剛買來的新自行車，不停在公園人行道上穿梭，騎得飛快，不知道是打算表演給誰看，或許是給爸媽看而不自知吧。

那個年齡的孩子，在外頭學到新把戲，總是忍不住想炫耀一番。

印象中後來不小心壓到一灘積水，打滑摔倒了，整個人面朝下趴在地上。

那是我第一次嚐到泥土混合雨水的味道。

泥土的腥味帶有鐵鏽的味道，我怎麼也忘不掉。

人行步道遠處傳來沙沙聲響，一位女性跑者穿著全套專業的慢跑運動裝，正繞著公園外圍慢跑。

雖說是慢跑，但其實速度並不算慢，她身形苗條健美，應該不過三十歲上下。

好認眞啊，心裡猜想可能是專業的運動員。

我看了手錶一眼，已經晚上九點，心裡生起一股不服輸的念頭，暗自估算自己還能跑個幾圈？

可是腿部肌肉經過多圈的跑步後，隱約有顫抖的跡象。

「還是別太勉強……」我自言自語。

方才的跑者從遠處折返，已經數不清是第幾圈了，如果換作是我，早就喘到不行。

由遠至近，鞋底摩擦落葉的沙沙聲越來越大，朝我的方向靠過來。

一個纖細的人影朝我接近。

忍不住抬起頭近距離看一眼。

「哎？」

我看著眼前的女性跑者，越看越覺得眼熟，起先是困惑，接著難以置信瞪大雙眼。

那女生的耳朵很靈光，居然朝我的方向看過來。

「你怎麼在這裡！」她比我還先出聲，驚訝地說。

我朝林雨琦招了招手。

她是先前進入「暗蕨之屋」的委託人。

我上下打量著她，心想此刻的舉動應該不太禮貌，但我實在太過驚訝也顧不得那麼多了。

她氣色紅潤，剛慢跑完還喘著氣，渾身充滿力量的感覺。

眼前的女生簡直和之前判若兩人。

「你叫……何景城對吧？居酒屋那個人。」林雨琦用掛在脖子上的毛巾擦擦汗，說道。

「我才想問妳咧……林雨琦？真的是妳？」

她用力點點頭，見到我也是一臉意外，立刻在椅子旁停下腳步。

「當然是我啊，趁晚上出來運動。」

話剛說完，她自己忽然笑了起來，就像說錯話的學生。

我能明白，畢竟不久之前，她還是一位必須旁人協助走路的人，現在居然可以這樣運動，跟任何人說都難以置信。

「我可以坐嗎？」林雨琦指了指我旁邊的空位。

「嗯嗯，當然，這也太巧……」

「我是這一陣子才來的，好像沒看過你，你也出來跑步？」

「偶爾才來，平時上班都關在辦公室裡，缺乏運動。」

我指了指自己久未鍛鍊的大腿，她笑出聲。

「這樣很好，能像這樣開心地跑步，真的太好了……」

不知道這句話是在說我還是她自己，幾乎是用聽不見的音量喃喃說著。

「最近還好嗎？」

我雖然這麼問，但看起來林雨琦應該過得不錯。

她或許沒想到我會問這個問題，偏著頭像是在思考。

「該怎麼說呢，有種像是夢想成真的感覺，但又不太真實，我也不太會形容，就像……就像……還在做夢一樣，對！就跟做夢很像。」

「做夢？」

「是啊，有時候早上醒來我還是習慣用手撐起自己下床，每次腳踩在地上站穩後，還是有點恍恍惚惚的，真的很不可思議。哈，不好意思，講了奇怪的話。」

「沒關係，我想這是很正常的，看到妳重新站起來，我想妳先生一定也很開心。」

「嗯……」

「平時妳一直有在跑步嗎?剛剛看妳的速度好快，眞厲害。」

「啊，沒這回事……我已經十多年沒跑了，體力下降很多，也許，是身體還記得吧。」

林雨琦語畢，停頓了一下。

她嘴巴動了動，凝視前方遠處的一點，陷入幾秒鐘的沉默。

我不解其原因，但也不急著問。

「在我高中的時候，和我先生阿識很常來這座小公園練跑。」

林雨琦望向蜿蜒的人行步道，緩緩道來。

我微微一愣，入夜的公園燈光昏黃，看不出我臉上驚訝的表情。但從她身上的運動穿著打扮判斷，她以前應該就有運動的習慣，只是後來被身體因素限制住了。

「這樣啊……難怪了。」

「我們念同一所高中，雖然不同班，但都是田徑隊的一員，目標是各自在全國男女競賽中拿下名次，放學後也常常一起練習，也不知道是誰先告白的，總之我們那時就在一起了。」

「有共同的夢想，一起前進的感覺很棒。」

我傾聽她的話，有些羨慕地說，在那一瞬間，我想起了靜織。

「確實，那時眞的好幸福。」

林雨琦淺淺一笑。

「直到上了高三那年，我下背開始出現疼痛，漸漸連路都走不好，才知道自己的脊椎早已出現問題。記得再過幾個月就要參加大學指考了，阿識的成績很好，非常有希望考上醫學系，但他除了跑步和念書，還要抽空陪我去看醫生，也許那天他太心急了，騎車不愼打滑……加劇了我的病情。」

我默默聽著，雖然不認識她先生阿識，腦海卻浮現一位懊悔不已的少年，那種心痛的感受，不由得使我的心情跟著一沉。

「我想他也不願見到這種事發生，內心一定很煎熬，尤其在這麼關鍵的時候。」

「我知道，從來沒有怪過他。」

林雨琦雙手交疊在膝前，低頭看著下方。

「阿識考試的時候依然很擔心我，幸好他仍考上了醫學系，只可惜不是他的第一志願，我記得曾問過他有沒有考慮明年重考。」

「結果呢？」

「他說他要去報到，只要能早一年當上醫生，就可以更快親自照顧我。」

「妳先生眞是個好人，我敢肯定，他一定是個很溫柔的人。」

我話剛說完，不知道是否看錯，她一邊談論先生的好，頭卻更低了。

乍看以爲是害羞，但又像是另一種更複雜的情緒……

「阿識眞的很溫柔，一直替我著想，但是……有時候還會希望，自己在那場意外中就離開了。」

「爲什麼？」

我此刻的表情有點錯愕。

「阿識從以前就是非常優秀的人，無論是競賽或學業，只要下定決心，就能達成設定的目標，而他當年拚了命考上醫學系，就是希望能親手醫好我，因爲，他一直認爲是他害了我。」

我終於看出來林雨琦隱藏的複雜情緒，那是自責。

「醫療總有限度，人不是神，醫師也不例外。」

我輕輕嘆了一口氣說。

雖然現代醫學進步飛速，人類對身體的了解仍不完全，所有醫療都有一定的極限，一般人常將醫療人員視爲神，但往往會期待落空，就容易將神一夕之間貶爲凡人，不分青紅皀白地攻擊。

只是沒想到，阿識即便已接受完醫學訓練，成爲醫師，但至今仍無法走出當年的意外陰霾。

「我不知道勸過他多少次，跟他說我一點也不在意，要他放下，但阿識就是走不出來，同時看他在醫院的工作壓力又大，我卻什麼也幫不了，於是就想起曾聽過你們居酒屋的傳說……」

林雨琦說到最後，聲音已經有些模糊不清。

我跟林雨琦交談過的次數不多，也沒見過她先生阿識，甚至不久以前，都還認爲林小姐其實是貪戀財富才來尋求協助，但聽了她的一番話，反倒爲自己如此武斷地下評論，感到愧疚。

我起先還認爲林小姐僅僅是嫉妒羅太太的美好人生，停留在貪圖財富的階段，而不能看清，他們彼此正深陷在自責的漩渦中。

她不過是一位受了傷的普通人。

正因爲是普通人，才會去羨慕比自己過得更好的人，期盼從不可逆的傷害中復原，雖然看似天方夜譚，講出來會被人嘲笑，那種期待未來人生過得比現在更好的想望，其實是再正常不過的。

因此這樣的她，才需要找上暗蕨。

這樣的聲音時不時在耳邊響起。

或許，我這回眞的幫了他們兩位一把。

「阿識看到妳康復，一定非常高興。」

「嗯……」

「聽廷岡說妳有回去找他，阿識也順利地在外開業，眞是恭喜妳了。」

「嗯嗯……」

「怎麼了嗎？」

「羅太太……」

「咦？」

「是不是我害死的？」

林雨琦的提問讓我一時語塞，訝異她會這樣說。

但隨即想起她和羅太太是鄰居關係，任何風吹草動都會知道，更何況是因病過世這種令人震驚的消息，一下子就傳開了。

「她的死，與妳無關。」

我還在思考她的問題，嘴巴卻下意識地先脫口回答。

但這樣眞的沒問題嗎？

一年之前，我在導演的邀請之下，加入了暗蕨。

但說實話，我一邊幫委託者修改人生劇本，只覺得是替他們悲慘且無希望的人生，重新在人生舞台進行換角，雖然在某種程度上，複製別人的成功人生，說不定眞的構成某種程度的抄襲，也算是犯罪行爲，但能讓別人過上殷殷期盼的嶄新生活，我也打從心底感到高興。

可是我卻從來沒想過，要去關心那些被模仿的對象，他們的人生是否有因此而改變？

「『暗蕨之屋』是幫忙委託者替換人生劇本，換句話說，也是抄襲別人的人生。」

我彷彿聽見導演低沉的聲音，那是我第一次在「暗蕨之屋」門口，與他正面對談。

他的年紀看來超過五十歲，坐在漆黑的房間內，我從窗戶透進來的餘光，發現他的頭髮已經泛白，儼然是一位世故的老男人模樣。

我過去從沒在路上見過導演，也不曾在任何媒體上見過這個人，但他給我一種熟悉的感覺，就像碰上多年未見的老朋友一樣。

「羅太太的事，眞的與我無關嗎？請你老實告訴我。」

林雨琦喃喃自語，重複著我剛剛說的話，她察覺到我語氣裡隱藏的遲疑。

「林小姐，我只能跟妳說，妳改變的僅僅是妳自己的人生。」

我再次說一遍，雖用上了肯定的語氣，但自己仍沒有十足的把握。

「嗯……好吧。」

「現在妳應該專注在新的生活上，妳不僅恢復了健康，而且先生也成爲開業醫師了不是嗎？這樣相處的時間一定比從前多更多。」

「嗯，的確是這樣沒錯。」

「對了，妳先生知道居酒屋的事嗎？」

沒想到我隨口一問，林雨琦卻怔住了，搖搖頭。

「哎？怎麼了嗎？」

「我發現，那晚從居酒屋的小房間離開後，周遭的事情開始出現變化。」

「當然，因爲妳進去『暗蔽之屋』了，但我很好奇究竟是如何改變的？」

「嗯……起先是從腳開始，變得越來越有力氣，三天後就可以不用扶東西，自己慢慢行走，阿識看得一愣一愣的，直說不可能。」

林雨琦一邊說一邊擺盪她的腳。

「不到一個星期，我就能跑步了。」

「這麼快？」

我很驚訝，她恢復的速度比我想像的快了許多。

「我也很意外，阿識一直說這是不可能的，問我是不是去做了什麼特殊的手術？正當我猶豫是否要告訴他實情時，我聽到羅太太過世的消息。」

「嗯……」

「羅醫師的診所也因爲這樣關門了好多天，我突然想起拜託你寫下讓阿識也成爲開業醫師的願望，於是又跟他提了這個想法，不知道爲什麼，阿識突然一口答應，接著找地點、裝潢、開業，一切彷彿是老早規劃好的，沒過多久，猛一回神，就成了現在這個樣子。」

我點了點頭，心想原來「暗蔽之屋」的做法，並非像電影中的魔法，彈個指頭，便可憑空改變人生，而是所有的改變都有軌跡脈絡可循，但又讓人摸不著頭緒，分不清究竟是如何走到最終這一步。

「但是……」林雨琦欲言又止。

「什麼？」

「阿識自從開業後，收入增加了，雖然工作時間一樣很長，但我卻感覺他跟以前不太一樣。」

「是外面的應酬變多了嗎？」

我想起部分開業醫師，常常被廠商招待的情況。

「不是，我也說不上來，他對我一樣很好，可是總感覺阿識變得怪怪的，就像……生活沒了重心。」

林雨琦說完停頓了一下，頭轉到另一側。

「那麼妳呢？改變人生後，妳快樂嗎？」

我平時會與委託者保持一定的距離，離開居酒屋後，就不干涉對方的人生，但此時此刻，卻讓我不自覺多問了幾句。

林雨琦默默聽著我說，隱約發現她的呼吸變得急促，反覆思考該怎麼回答這個問題。

是肯定？是遲疑？還是有某種更深層的情緒，連她自己也沒有注意到。

感覺到她努力地在壓抑著些什麼。

秋天的夜晚涼得很快，風吹過地面枯乾的落葉，發出窸窸窣窣的聲響，我剛運動完，原本還渾身發熱，此刻已經有點寒意。

我離開椅背，身子稍微往前傾，動了動身子，想讓身體暖和一些。

林雨琦遲遲沒有回答，心想她今晚應該不會給我答案，於是我從長椅上站起，說道：「我看時間不早囉，該回……」

原本沉默坐在椅子上的她，卻突然開口。

「現在的我，已經得到一直想要的生活，應該是要很滿足才對，但很奇怪……有時我居然沒有快樂的感覺。」

林雨琦緊握著雙手，微微顫抖。

我轉過頭去，發現此刻坐在長椅上的她，身軀似乎逐漸縮小。

「其實……羅太太是我多年的好朋友，我們從以前就玩在一塊。」

林雨琦頭低低的。

「所以妳們不只是鄰居？」

「她是我大學最好的朋友，以前我上課時，都是羅太太推著我去課堂，那段時間如果沒有她，我眞的不知道該怎麼過。」

「原來還有這一段關係。」

「她人眞的很好，很感激有她的協助，可是在她和羅醫師結婚後，我不知道自己是怎麼了……我居然開始拿自己與她的人生比較，甚至嫉妒她，我知道這樣不對……但我就是沒辦法克制自己這麼想，有時候很厭惡這樣的自己……」

林雨琦說到這裡，整個人幾乎埋入脖子與肩膀之間，眼淚撲簌簌地滑落。

「林小姐……」

懊悔的心情籠罩眼前這位可憐的女人，我此刻只能茫然注視著她。

「健康的身體、先生的陪伴，她所擁有的一切也是我渴望許久的，可是我剛剛忽然明白，在那個晚上，我是不是已經親手埋葬了屬於自己的人生……我覺得好對不起阿識和羅太太……」

幾分鐘之前，林雨琦原本精力充沛的模樣，轉眼間被內心的懊悔吞噬。

她停頓了幾秒，努力將哽在喉嚨的話擠出：「不久之後，我也會死於癌症，對吧？」

「……」

我不知該如何回覆，如果羅太太死於癌症，那麼替換人生劇本後的林雨琦，理當也逃不過這樣的命運。

「這樣也好……」

林雨琦臉頰沾染了淚水，臉上露出意想不到的微笑。

7.

「又輸了！真不甘心啊。」

小繪坐在浮木居酒屋的方桌前，桌面散落數十個長方形的木製方塊。這是小繪最近一陣子新迷上的疊疊樂遊戲，但設計與一般市售常見的不同，每塊方塊大小形狀雖然一樣，重量卻有些微差異，光是要擺好成爲直立狀的積木方塔，就要花費一段時間。

遊戲規則是玩家輪流從中抽取一塊方塊，再將方塊擺放至疊起的方塔最頂層，若沒有傾倒則換下一位玩家進行，不小心將積木弄倒的爲輸家。

聽起來雖然簡單，但因爲從外觀無法判斷重量，因此不只考驗技術，運氣好壞也是重要的關鍵。

小繪和凱文輪流從層層疊起的方塔小心取下方塊，這是他們今晚玩的第九輪了。

六比二，凱文遙遙領先。

今年冬天提早來臨，街頭的行人頂著寒風低頭快走，就連幾位來自溫帶國家的遊客，也穿上了薄大衣。

距離上次我和林雨琦在公園碰面，已經過了兩個月。

在這段期間，林小姐不曾再出現在浮木居酒屋，而我也因為天氣逐漸轉冷，去小公園慢跑的次數不像剛入秋時那樣頻繁，因此兩人偶遇的機會也少了。

聽吳廷岡說，開診所的羅醫師在太太過世後，沉寂了一段時間，現在診所重新營業，似乎是聘請新的醫師來駐診，自己則搬去加拿大居住了，但詳細的原因，則無人得知。

「今天好冷。」

我坐在吧台附近的位子，搓著手。

環視店裡一圈，今天是星期三，剛送走一對情侶，現在店內僅剩我們四位。

正因為如此，小繪和凱文才能肆無忌憚地在店內玩起遊戲。

積木方塔倒下發出很大的噪音，卻沒人特別在意。

我喝著吳廷岡倒的溫酒，暖流從腹部蔓延到四肢，感覺舒服多了。

「謝了。」我舉起酒杯向他致謝。

「別跟我客氣。」

他自己也喝了一點，那是吳廷岡在日本的親戚寄來的，當年作爲開店的賀禮，他一直省著喝，現在還有一半左右。

吳廷岡趁空檔，回到廚房，默默在水槽清洗餐盤。

我看著店裡電視播放的節目，利用廣告時間四處張望店內的擺設，瞥到一旁通往二樓的狹窄樓梯。

「廷岡，你跟導演是怎麼認識的？」我用手指了指上頭。

「我接手這家店的時候，他就住在樓上的小閣樓了。」

「哎？所以他是房東嗎？」

我吃驚看向吳廷岡，叫著說。

「這樣說也沒錯，不過導演沒跟我收過房租，我不知道這樣算不算房客與房東的關係。」

「原來是這樣，難怪他可以一直住在樓上的房間裡……」

「嗯。」

「所以他的條件是你當暗蕨的製作人囉？不然哪有這麼好康的事情。」

「是啊。」

吳廷岡簡短回應我的猜測。

「那人神神祕祕的，我根本沒見過導演幾次。」

「啊？你還見過他本人呀？」

他瞪大了眼睛說，手邊的碗洗到一半。

「怎麼了？難道你從來沒看過他？」

「是啊，一次都沒有，都是用手機通訊軟體聯繫。」吳廷岡聳聳肩，無奈地說。

「天啊，這也太誇張了，沒想到他隱藏成這樣……但也不難理解，畢竟考量到暗蕨幹過的事情，還是越少人見過他越好。」

我想起那少數幾次打開「暗蕨之屋」的經驗，的確很少正面與他相見，剛加入暗蕨的時候，我會上樓敲門詢問一些細節和想法，但每次都撲了空，他常常不在。

說也奇怪，若有委託者上門，他又會在剛好的時段出現在「暗蕨之屋」內，不知道導演究竟是如何辦到的……

哐啷哐啷——

是疊疊樂積木崩塌散落在桌面的聲音。

「耶！我終於贏了！」

小繪興奮得高舉雙手，不斷歡呼著。

「喂……我還贏妳三次，別太囂張啊。」

凱文抓了抓頭髮，原本已經不整齊的髮型變得更加凌亂。

現在的時間剛過晚上十點，距離關店時間還有兩個小時，此時，緊閉的居酒屋拉門突然被打開。

冷冽的寒風沿著門縫鑽進溫暖的室內，發出咻咻的聲音。

門口站著一位女人，穿著一件卡其色的風衣，及肩的頭髮垂落兩側，雖然上了妝，卻掩蓋不了略顯削瘦的臉龐，看起來不是很有元氣。不知道她是如何撐過外面的嚴寒到達此地，如果風再大一點，她彷彿隨時會倒下。

靠近門口的小繪和凱文轉頭看著她，停下手上的動作，一塊積木不小心掉到地上，發出清脆的聲音。

「林小姐嗎？」

我認出眼前的女人，正是兩個月前在小公園巧遇的林雨琦。

小繪和凱文聽我一說，眼睛瞪得老大，接著轉頭直盯著我瞧，嘴形像是在說「真的是她？」

「妳還好吧？快進來，外面好冷！」

小繪反應很快，一邊叫著，一邊把拉門關上，親切地請她坐到居酒屋內側的位置，那頭感覺比較溫暖。

「謝謝。」她向小繪點點頭，默默走到內側坐下。

「要喝點什麼嗎？」

吳廷岡依然很冷靜，似乎見慣了這些奇怪的事情，詢問點餐的語氣與一般客人沒有兩樣。

「熱茶就好……」

「好，馬上來。」

吳廷岡簡短應了一聲，立刻回到調理台替她沖泡。

直到她喝了熱茶，削瘦蒼白的臉總算有了血色。

「妳還好嗎？」我主動坐到她對面關心地問。

「沒事的，今天狀況好很多，我趁空檔來這裡看看，想說碰個運氣，沒想到眞的有開，眞是太好了。」

「所以……眞的跟羅太太一樣？」

我遲疑了一下，還是決定把心中的擔憂說出來。

「嗯。」

林雨琦沒有特別的反應，好像在講一件很普通的事。

但大家都看得出來，她此刻身體一定出了狀況。

「有做治療嗎？」我問道。

「當然，如果我不治療，不就是讓阿識難堪嗎……但效果你是知道的。」

林雨琦微微一笑。

望著她的笑容，此刻我卻無法回以同樣的微笑。

心想這究竟是怎麼回事，我之所以加入暗蕨，原以爲可以幫忙人們改變自己的人生，重新掌握幸福的機會。在事情變得更糟之前，介入別人不願繼續過下去的人生，但眼前的局面，卻是當初我所不曾想到的，心底湧起一股愧疚的情緒。

「今天有什麼我們可以幫忙的嗎？」

我望著眼前瘦弱的林雨琦，心想還能幫她做些什麼呢？

只要能讓她舒坦一點都好。

「我知道這樣問很奇怪，但我想知道，有沒有辦法將我從羅太太那邊抄襲來的人生還給她呢？如果這樣做，她是不是就不會死……」

她的請求讓我爲之一愣，起初以爲她會替自己感嘆，不該選擇羅太太作爲人生範本，也就不會變成現在這樣尷尬的局面。

卻沒想到，此刻虛弱的她，仍惦記已經過世的羅太太。

這該怎麼辦才好？

我正準備重複一次那晚與林雨琦說過的話，雖然我無法百分之百肯定，被當作人生範本的對象，是否眞的一點也不受影響。

畢竟羅太太的確是在她進入「暗蕨之屋」後，沒過多久即意外罹病過世，這其中是否眞的有某種關聯，我至今仍無法確定。

但此刻我有一點是肯定的，那就是在過去時空已死去的人，是無法復活的。

我正要開口，吳廷岡高大的身軀默默來到桌側，替她補上熱茶，說道：「羅太太對妳眞的這麼重要？重要到妳想要她回來？」

「吳廷岡……」我低聲叫著他，皺起眉頭。

我不知道他爲何要這麼問，難道不曉得這樣會給林雨琦不必要的希望，以爲死去的人眞的能夠復活。

然而林雨琦聽他這麼說，默默從懷中掏出手機，點開螢幕，出現一張翻拍的照片，從穿著打扮看起來已有些年分了。

照片裡的場景是橘紅色的操場跑道，中央三人坐在草皮上，模樣非常青澀，介於十八至二十歲之間，很明顯還是學生。

我很快認出坐在中央的女生，是年輕時的林雨琦。

她的外觀沒有太大的變化，照片裡的她，笑得好開心、好燦爛。

照片裡還有一位高瘦的男生，以及另一位染著褐色短髮的女生。

「這是阿識和小妏，也就是後來的羅太太。」

林雨琦將手機推向桌前，纖細蒼白的手指微微顫抖，令人看得不忍。

「咦……這位叫小妏的女生，就是羅太太嗎？」

「真的是她，跟我在羅醫師診所見到的差不多。」

吳廷岡湊到桌子旁看一眼後，點點頭低聲說。

照片中年輕時的小妏蹲坐在林雨琦身後，雙手從後方環抱著林雨琦肩膀，表情非常逗趣開朗。

而那時候，還是男朋友的阿識則坐在一旁，抓著頭髮露出靦腆的表情。

三人開心幸福的模樣，定格在那一刻，就算隔著照片也能感受到他們幾人的好交情。

「你們三人真的很要好。」我說。

「這是阿識大學二年級運動會時拍的，小妏特地推我到阿識比賽的現場，那時候並沒有事先知會他，我們說好要在出賽前一個小時給他一個意外的驚喜，結果真的嚇了阿識好大一跳！」

林雨琦說話的時候，眼睛閃亮亮的，這是今晚的她最有生命力的一刻。

無奈談論的內容不是未來，而是無法改變的過往。

「但是……」

林雨琦默默將手機拿回，看一眼後，螢幕熄滅了。

「這一切都沒有了，全都怪我，我不該羨慕小妏……其實我很清楚，我的生活比起很多阿識照顧過的病人，已經幸福很多……這些我都知道。」

她極力壓抑著心中強烈的情緒。

「對不起，我來之前告訴自己不可以再哭，但還是沒能忍住……」

「沒關係，我能理解。」

我咬著嘴唇，希望能感受到疼痛，但痛楚卻沒有如預期傳來，只能繼續靜靜看著她。

「小妏是個很好的人，像這樣的她，幸福是她本來就該擁有的，絕對不該變成現在這樣的命運！一定是我害了她……是我的錯，都是我的錯……」

林雨琦講到這裡，閉上眼睛，說不下去。

「林小姐……」

我低聲喚著她，但沒有什麼回應。

她紅著眼眶，對照蒼白的臉龐，看起來格外顯眼。

眼前的畫面讓人心疼。

「所以……拜託你們，我知道規矩，但請給我一次補救的機會，只要能回到以前的時光，不……回到幾個月前就好，在我還沒隨意更動自己的命運之前！拜託了……」

但是這是不可能的事，就算「暗蔽之屋」具有神奇的力量，死去的人仍然無法復活，這是規矩。

如果可以復活，我何嘗不想試試……

我的表情也黯淡了下來。

「景城，真的沒有辦法了嗎？」

小繪坐在一旁問說。

「對不起……」我回答。

眾人陷入了沉默。窗外冷冽的氣流捲過居酒屋拉門，發出碰隆碰隆的細微聲音。

吳廷岡也沒有說話，只是安靜在調理台擦拭著玻璃杯。

原本該是充滿開心歡笑的聚會場所，卻諷刺地異常安靜。

「咦？那個……我想問問，景城……」凱文忽然想起什麼，但又沒把握的樣子，可是他沒放棄，說道：「林小姐能不能再進『暗蔽之屋』一次呢？也許已經過世的人真的不能復活，這我們都知道，但她可不可以再修改一次自己的人生？」

我怔了怔，但隨即被凱文的問題點醒，立刻轉向吳廷岡。

「可以嗎？委託者可以進去『暗蔽之屋』兩次？」

我疑惑地問。

「過去從沒有發生過這種事，可是規定裡也沒說不行。」

吳廷岡很冷靜地說，他是暗蔽的製作人，因此是所有成員中最清楚規範的一員。

我宛如從汪洋發現一塊浮木，趕緊轉頭說：「林小姐，我老實跟妳說，其實妳把羅太太的人生當作範本，是否因此奪走她的生命，這點尚有疑慮，但我剛剛想起，如果能再次修改妳的人生，這樣或許就可以不用踏上羅太太已經面臨的命運。」

「所以眞的不能讓小妏回來嗎？」

「恐怕不行……」

「那這樣還有什麼意義，而且，如果要再進去一次，是不是代表……我還要再找一位人生的參考對象？這樣不就又會害了那個人嗎？」

「不需要，這次妳不用擔心。」

「爲什麼？」

「因爲妳要參考妳原本『自己的人生』。」

「自己的人生？」

「對，妳現在過的是羅太太的人生，所以只要妳將原先自己的人生，作爲範本，就能換回只屬於妳林雨琦的人生，但換句話說，也沒有人可以預期妳未來將會碰上什麼事，完全是一個只屬於自己的未知人生。」我一口氣說完心中想講的話。

「只屬於我的未知人生……」林雨琦的臉頰抽動了一下。

她閉著雙眼，似乎正在思考。

我默然看著眼前的熱茶緩緩上升的熱氣，心想這絕不是一個簡單的決定。

對於一般人而言，未知彷彿代表了一種恐懼，無法知道接下來的人生，就無法掌控，就像在一團迷霧的森林裡摸黑前進，不會知道前方是一間溫暖的小屋，還是罕見的美景，甚至是一座深不見底的斷崖瀑布，只要踏錯一步，將落入萬劫不復的深淵。

無論是好的壞的未知，僅能靠著自己一步一步去探索。

「如果旅行的時候，提早知道會碰上什麼，那就不有趣了——」

我的腦海裡突然傳來一個年輕女性的聲音。

是靜織，我聽到了她的聲音。

妳打算什麼時候跟媽回來？

「等我們玩到不想玩的時候——」

眞是的，對妳來說不可能有玩膩的一天啊……

「好像也是，那只好讓你多等一陣子囉——」

算了吧，我眞的很想妳……

「……」

腦海裡沒有了聲音。

「好，我決定了。」

林雨琦的聲音打斷我飄忽的思緒，把我拉回現實。

「所以？」

「請讓我再進一次小房間。」

「我知道了。」

我轉身把公事包打開，從裡頭拿出筆記本，那本專門寫下委託者新人生劇本的筆記本。

我攤開空白頁，在上頭寫下林雨琦的姓名。

正準備繼續往下寫時，一雙蒼白纖細的手掌溫柔蓋住我持筆的手。

「那個……我可不可以有額外的請求？」林雨琦遲疑了一下，說著。

「沒關係，妳說吧。」

「讓我自己動筆……可以嗎？」

我稍微遲疑了一會，但隨即點了點頭。

「好吧，直接在名字下方，寫下妳未來的人生，以及參考的人生對象。」

說完，就將筆記本挪到她面前。

「謝謝你。」

林雨琦感激地不斷道謝，然後用顫抖的手拿起筆。

「這樣……沒問題吧？」

小繪擠到我一旁，臉上露出不安的表情。

「放心吧，不會有事的。」我說道。

林雨琦寫字的速度不快，但她仍小心地一筆一劃在筆記本內，工整寫下她未來的新人生。

也許，這是她這輩子第一次眞正能掌握自己的命運。

我不想剝奪她人生僅有一次的體驗。

她花了一點時間寫好後，將白紙撕下對摺，對我點了點頭。

「對了，林小姐，我沒有要打擾妳的意思，但妳知道進入『暗蕨之屋』的規矩……」

說話的是吳廷岡，他站在調理台後方輕聲說。

「啊……我知道，可是上次付完所有財產後，我已沒有其他存款，這是我僅有的錢……如果太少，我可以趕快再找找家裡……」

她一邊說著，一邊急著把她淺粉色的長夾拿出放在桌上，正準備想再看看包包內還有沒有其他值錢的財物。

「這樣已經足夠了，謝謝妳。」

吳廷岡點了點頭，又把注意力放回他在調理台的工作。

「真的嗎？很抱歉……」

「沒關係，我們要的是妳全部的財產，但沒有規定要多少金額。」

「謝謝。」

「如果準備好，我們就上去吧。」我起身說道。

通往「暗蕨之屋」的樓梯很狹窄，一般人必須扶著把手側身上樓。

林雨琦體力衰退許多，但前進的速度仍比上回快了不少。

沒過多久，就來到了「暗蕨之屋」的木門前。

「雖然不是第一次來這裡，但還是覺得很不可思議，世界上居然有這種地方。」

她望著木門感嘆。

「嗯，就連我每次來，也都還是有同樣的感覺。」我聽了她的話也跟著說道。

手伸進門旁的石獅子嘴裡，摸出冰冷的鑰匙，不曉得是否外面天氣變冷了，我感覺鑰匙的溫度比往常更冰冷一些。

林雨琦將自己寫好的命運，小心捏在手裡。

「拜託你了。」

她看著我，往門前又踏了一步。

「好，請稍等。」

我才正把鑰匙對準木門，門後就傳來了木頭地板的腳步聲。

「妳來了。」門後傳出一道低沉的男聲。

是導演的聲音。

「暗蕨之屋」的木門「嘰呀」發出刺耳的摩擦聲。

導演站立在門後，他的眼神很深邃，外表跟我印象中差不多，仍然是老年人模樣。只是這次我看得清楚一些，他正對著我們的方向，微微笑著。

我一時分不出導演是在看林雨琦，還是在看我，抑或是同時凝視著我倆。

在這一瞬間，我差點忘了該做什麼反應。

「還站在那裡做什麼？」導演忽然開口。

「快進去吧。」我回過神來，趕緊提醒站立在一旁的林雨琦。

她對著我深深一鞠躬，我也對她點點頭，扶著她的肩膀，輕輕推了一下。

我的掌心傳來觸碰到她身體的感覺，大衣底下的手臂變得很瘦。

看來，她剩下沒多少時間了……

林雨琦望著漆黑的「暗蕨之屋」，往前踏了進去。

就在這個時候，我突然想起有關暗蕨替換人生劇本的疑問，心想我為何不趁這個時候問個清楚？

「導演，我想問一個問題……上次羅太太被當作林雨琦的人生範本後，不久便過世了，這是不是跟『暗蕨之屋』有關？」

我一手撐著木門，不想讓門那麼快關上。

導演轉頭看了我一眼，露出意味深長的表情。

「你是說我們不只參照羅太太的人生劇本，就連她失去生命這件事，也是我們造成的？」

「嗯。」

「我們做的，僅僅是加入一些外在因素的影響，就容易引發根本的改變。」

「可是……羅太太她……」

「你有修改羅太太的人生嗎？應該是沒有吧，我以為我說得夠清楚了。」

我遲疑了一下：「呃，也是……」

「那就是了。」

導演話才說完，「暗蕨之屋」的木門忽然關上。

眼前的導演和林雨琦，消失在門後黑暗之中。

8.

「如何？沒有問題吧？」

我下了樓，回到浮木居酒屋店內，吳廷岡的工作也告一段落，和小繪與凱文坐在餐桌旁，看著電視喝酒。

桌面還留著林雨琦淺粉色的皮夾。

「應該是沒問題。」我回答，但沒特別提起與導演的對話。

眾人聽我這麼說，紛紛安心了下來。

就在這個時候，居酒屋門口傳來了一陣騷動。

啪踏啪踏！

很急促的腳步聲。

接著居酒屋外的拉門刷一聲被拉開，現在已經接近午夜，上門的客人不多，尤其這種天氣惡劣的平常日晚上，但吳廷岡還是下意識喊道：「歡迎光臨——」

冷冽的寒風灌進室內，門邊站立著一位穿著黑色防風外套的男人。

他的身材高高瘦瘦的，頭髮有些灰白，但從長相來看，應該不過三十來歲，看起來十分精明幹練，可是眼神卻充滿了疲憊。

「雨琦呢？」

男人瞥見桌上放著的皮夾，急促問道。

我立刻認出眼前的男人，正是林小姐的先生，阿識。

其他人也很快弄清楚眼前的對象，也都瞪大眼，不解他是如何找到這裡的。

「那個……陳先生你這邊坐，外面很冷對吧？」

我挪出空位，印象中林雨琦的先生姓陳，有次經過他們新開的診所有特別留意。

阿識一屁股坐到對面的位置。

「現在是什麼情況？她人呢？」阿識心急地抓起放在桌上的皮夾，焦急地問。

「你先別急，發生什麼事了？」

吳廷岡替他倒了杯茶水，緩緩說。

阿識立刻掏出自己的手機，上面出現通訊軟體的視窗。

有一張三人在操場的合照。

與方才林雨琦拿出來給大家看的是同一張。

「她晚上說要去找小妏！說什麼很對不起我和她，完全不知道她在說些什麼！難道她不知道小妏前一陣子已經走了嗎？」

阿識情緒有些激動，說話的速度飛快。

我和其他人相視一眼，正要開口，卻被阿識低聲的呢喃打斷。

「如果……如果雨琦要去找她，不就是要尋短的意思……」

阿識說到這裡，聲音已經有些哽咽。

「陳先生，你先冷靜一下……」我試圖安撫他的情緒。

「你要我怎麼冷靜！你根本不知道，我這些年來為了治好她，花費了多少時間和精神在醫學中心研究上！」

「嗯，我能理解你的心情，但其實，你太太真正想要的……」

「這些我都知道！我不是不曉得雨琦的心意，她希望我能花多點時間陪伴她，可是我那時只想要治好她的疾病，沒有其他心思顧慮到她的想法……前一陣子，她突然自己走回家，我嚇了好大一跳，我很開心她復原了，但完全搞不清楚到底發生了什麼事！」

阿識一進門就開始大吼，將這些年來，他默默替林雨琦付出的心血，一股腦地全都發洩出來。

「我不曉得你們究竟對她做了什麼事，但請你們別把她從我身邊奪走，我只剩下雨琦而已……」

一個大男人在眼前哭得跟小女孩似的，眼淚不停落下。

「你在說什麼啊？」

小繪從一旁探出頭，看來她有些聽不下去。

陳先生抬起頭，愣愣地看著她。

「你一心只想治好她，但其實你根本只是為了你自己吧。」

「妳說什麼！妳又是誰？」陳先生眼眶含著淚水，憤怒地說。

「你不用管我是誰，我只是要告訴你，你根本不了解你太太的心意，她想要的不過是你的陪伴，所以她才會羨慕你們的朋友羅太太，什麼健康地行走，什麼開診所，那都是個屁！你只是還活在當年不小心讓林小姐摔車的陰影中！你這些年所做的努力，其實只是在彌補當年的失誤！」

小繪說話有時很直接，就連吳廷岡也招架不住，但此刻大家就讓她盡情發揮，愛說什麼就說什麼，沒有要阻止她的意思。

陳先生被小繪這麼一唸，突然不知道該如何回應，怒氣也隨之消了大半，整個人癱坐在位子上。

「陳先生，你還好嗎？」我問道。

「難道我錯了嗎？你們到底對她做了什麼？」陳先生失神地望著她放在桌上的長夾，愣愣地說。

我望著通往樓上「暗蕨之屋」的樓梯，心想時間似乎有點久了，但隨即又想起林雨琦反常地要求自己親手寫下未來的人生劇本，心底不禁有點擔心起來。

這時，我腦袋忽然興起一個念頭，立刻從包包裡拿出一支鉛筆。

我將筆記本翻到林雨琦撕走的下一頁，然後輕輕地在上面大筆來回畫著線條。整張白紙被我塗得到處都是一條條鉛筆的痕跡。

陳先生看得一愣一愣，不解我在做什麼。

幾秒鐘後，我看著整張被塗得亂七八糟的白紙，呼出好大一口氣。

「不會有事的。」

我微笑說完，將整面塗滿鉛筆痕跡的筆記本，轉向他們。

9.

牆上的時間默默來到午夜十二點半，電視新聞已經重播一輪，大夥圍在居酒屋的餐桌旁，或坐或站，沒有什麼人交談。

吳廷岡和凱文把外面的看板搬進室內。

街頭沒什麼遊客，幾個路口已經變成不停閃爍的紅黃燈，提醒用路人夜已深，請小心安全。

就在這個時候，樓上忽然傳來幾聲木頭地板的敲擊聲。

叩……叩……，叩……叩……

撞擊的聲音間隔很緩慢，而且隨著距離越來越近，變得有些沉重遲緩。

所有人紛紛將注意力轉向通往二樓的狹窄樓梯間。

樓梯轉角，忽然出現了一個人影。

有位穿著大衣的女人，正吃力扶著樓梯扶手，她移動的步伐很緩慢，而且走起路來非常辛苦，腳部明顯不良於行；但她的臉色看來紅潤有元氣，已經不像稍早時蒼白、病懨懨的模樣。

林雨琦找回原本的人生，那個行動不便的自己。

「阿識，對不起，讓你擔心了……」林雨琦站在最後幾階的樓梯上，看著先生滿臉歉意地說。

「雨琦！」

阿識先是一怔，隨即叫了太太一聲，便衝向樓梯，緊緊扶住林雨琦，深怕她跌落。

「對不起，我又變回這個樣子……」

「沒關係，只要人回來就好，回來就好……妳這樣突然消失，眞的快讓我嚇死！」

「嗯……」

「還有……很抱歉，我之前什麼都沒發現，請妳原諒我。」

阿識低下頭，露出痛苦的表情。

「我也是，之前的我什麼都不懂。」林雨琦停頓了一下，然後用極小的聲音說：「小妏，是眞的回不來了。」

阿識雖然不曉得其中的原委，但多年來的相處，讓他也多少猜出一二，林雨琦一直羨慕他們共同的好友小妏，這些他都知道，但爲了彌補當年的意外，阿識選擇了忽視太太的期待，他將治癒林雨琦的身體視爲最優先，至於其他的想法，認爲可以等到她康復後再說，等到他也有了一定的治療經驗和存款，就可以實現林雨琦的願望。

但很多時候，每件事在每個人的心中，會有不同的分量。排序不同，做法就不同，往往無法完全符合彼此的需求。

那一點一滴積累的期待與失望，成了沖垮高牆的洪水。

「其實小妏這些年一直很掛心妳的身體，她常常跟我問起妳的狀況。」阿識抬頭，淡淡地說著。

「我知道……一直都知道，可是我好像變了，變的人是我，是我沒有回應她的心意，甚至還嫉妒她……」

「算了，這些都過去了，如果她現在看到妳這樣，在天上也不會安心的。」

「阿識……」

「我們都很清楚小妏的個性，爲了她，我們都要振作起來。」

「嗯，以後又要麻煩你了。」

「妳已經很努力很努力了，今後我們一起加油，好嗎？」

「我知道了。」

林雨琦在先生的攙扶下，穩穩踏到一樓。

兩人的眼眶同時流下眼淚，在橘黃色的燈光映照下，臉頰閃耀著水亮的痕跡。

我和吳廷岡對視一眼，默默把攤放在桌面的筆記本蓋起。

那上面被我塗得一團黑，藉由林雨琦留下的筆觸，將她寫下的內文拓印至下頁白紙上，因而發現：

——我是林雨琦，我想找回自己原有的人生，雖然充滿未知，但那是屬於我自己的人生，只有我能繼續走完。

送走阿識和林雨琦後，已經超過深夜一點。

小繪和凱文早就打著呵欠，搖搖晃晃各自回家去了。

我站在居酒屋門口，感覺外面的氣溫變得更低。

「你見到導演了？」吳廷岡問。

我點點頭。

「所以羅太太的死，與林小姐無關對吧？」

「你早就知道了？」我驚訝地轉向他。

「嗯，我是看到她寫下的文字，才想通的。」

「的確，羅太太的死不怪任何人，那是屬於她的人生劇本，雖然讓人不捨，但事實就是這樣。」

「是啊。」

吳廷罔將居酒屋的門拉下，在深夜裡，轟隆轟隆的聲響格外明顯。

下一秒，又恢復午夜街頭的寧靜。

第二章

被黑暗覆蓋的教師

1.

十二月的台北街頭，四處充滿聖誕節的氣氛。

可能是今年寒流來得特別頻繁，氣溫屢屢創下新低，逛街的民眾穿起五顏六色，各式各樣的厚外套，在位處亞熱帶的台灣，這種嚴寒氣候並不常見，此刻特別有濃濃過節的氛圍。

今天是週末夜，由於浮木居酒屋周邊的管線施工，吳廷岡乾脆關店一天，趁著難得的假期，他約了大夥到台北信義區附近逛逛，感受一下難得放鬆的機會。

「好懷念啊，自從開始經營浮木之後，就沒有像這樣在週末逛街了。」吳廷岡感嘆地說。

他套著一件深黑色大衣，高頭大馬的他，走在信義商圈的徒步區，就算周邊人潮洶湧，看起來仍十分顯眼。

「日本的聖誕節應該很有趣，對吧？」

我想起許多日劇的場景，都曾出現美麗耀眼的聖誕樹場景。

最近幾年，台北各地商圈利用過節，將燈飾融入街景，輝煌燦爛的燈泡將整座城市點綴得十分美麗，營造出聖誕氣氛，吸引許多前來觀賞的遊客。

「嗯，過節的氣氛很濃，挺夢幻的。」

吳廷岡偏著頭，回想他過去在日本居住的時光。

「哈哈，從你嘴巴說出夢幻這兩個字，感覺好不搭喔！」

一旁的小繪鼓譟起鬨，惹得他尷尬地搔搔長滿鬍渣的臉頰。

「聽說日本聖誕節跟台灣不太一樣，記得他們都喜歡吃……到底吃什麼啊，我有點忘了。」

小繪歪著頭，認眞思考著，乍看以爲在思考什麼認眞嚴肅的問題。

「炸雞和草莓蛋糕。」吳廷岡說道。

「對對對，就是這個！」

小繪哈哈笑著，拍著手，一講到吃的，她的興致比誰都來得高。

「就跟台灣講到中秋節，大家都要烤肉一樣，卻又說不出個道理來。」安靜走在一旁的凱文突然說道。

我默默看著眼前的三人，他們就這樣你一言我一語地討論起台日兩地過節的飲食差異。

此時我忽然想起，我們這幾個表面都有正職工作，但也都是地下非法組織的成員，雖然沒有眞的幹過什麼傷天害理的大案件，但手法的確是遊走在法律邊緣，甚至踰越了法律不允許的行爲，只爲了滿足前來尋求暗蕨協助的委託人。

還記得剛加入的時候，我替委託人撰寫的劇本大都遊走在法律邊緣，但隨著多次合作下來，明白這些夥伴的能力，我策劃行動的創意也越來越不受限制，有時我會將在網路上創作的小說橋段結合案件的劇情，讓小繪和凱文眞實演出。

又有的時候，我是把已經執行結束的委託案件內容，改寫成小說，在網路平台上連載，由於虛實交錯的情節，又能快速反映社會實際發生的案件，使得網路上累積的讀者日漸增加。

在網路的虛擬世界，我利用靜織和母親兩人的形象，創作出兩位幹練角色，不知道已經陪我度過多少場精采的冒險旅程。

我們一行人——一群犯罪組織的成員，就這樣大剌剌地走在台北信義商圈的徒步區，周邊人潮擁擠，誰也不認識誰，過節的氣氛也不會因此而有差異，公平地讓所有參與的遊客恣意地享受著。

信義商圈的廣場中央，豎立了一棵五層樓高的高大聖誕樹。閃爍繽紛的燈泡，讓進入廣場的遊客，有一種彷彿進入另一個世界的錯覺，就像籠罩在一個巨大的夢幻泡泡裡。

這時，從聖誕樹的另一頭隱隱約約傳來喧鬧聲，戳破了現場的美好泡泡。前方兩位衣著華麗的年輕情侶，提著名貴的皮革包包，正對著一位坐著輪椅販賣口香糖的老男人咆哮，老男人身後還有一位看起來像是外籍配偶的女性，正不停地彎腰道歉，並遞給情侶一包口香糖，像是在賠罪，卻被年輕女孩一臉嫌棄地無視。

地上散落著一杯打翻的飲料，跟年輕男孩手裡拿的是相同店家的。看來這場紛爭，是從老男人的輪椅不小心碰撞到女孩的飲料開始的。

「眞的很歹勢……她不是故意的，這個送給你們吃……」

老男人坐在輪椅上無法起身，但仍很有誠意地低頭道歉。

「不要！你知不知道我排隊買這家店的飲料花了我多少時間！」

年輕女孩一臉得理不饒人的模樣，引起周遭群眾側目。

我們幾位當然也注意到了，彼此相視一眼。

吳廷岡人高馬大，眉頭皺了皺，已經朝前方準備走出去。

「等等。」我按住他的肩膀，用眼神示意他看情侶後方。

順著我的眼神看過去，發現有位穿著灰色西裝的四十餘歲男人，臉形方方正正的，看起來就像一般的上班族大叔。

他站在情侶檔身後，拍了拍年輕女孩的肩膀。

「同學，妳是哪間學校的？老先生年紀大了，討生活不容易，就不要跟他計較了行嗎？」西裝大叔看著情侶檔，語氣和緩地說。

「關你什麼事啊，別來湊熱鬧行不行，奇怪耶。」

一旁的年輕男孩推開西裝大叔。

「啊……」

大叔一個重心不穩，朝旁跌倒，情急之下還拉了男孩的背包一把，使得男孩也摔倒在地，因而引起周圍群眾的注視，惹得情侶檔又氣又尷尬。

「你幹什麼啊！」

男孩從地面爬起，發現周圍人群的眼光，脹紅著臉罵道。

「走了走了！逛個街碰到一堆鳥事，欸，走了啦！」

年輕女孩注意到周遭群眾的眼光，覺得事態不妙，趕緊拉起男朋友，快步朝捷運站的方向離去。

「先生，你還好嗎？沒有受傷吧……」老先生擔心地問。

「沒事沒事，時代不一樣了，現在的小孩眞的很難教啊。」

西裝大叔拍了拍褲子上的灰塵，憨厚地笑著，接著像是想起什麼似的，跟老先生比了比放在大腿籃子裡的商品，示意他要購買。

「不用找了，你們也辛苦了啊。」

西裝大叔隨手挑了一條口香糖，遞給老先生一張鈔票後，點個頭轉身就離開了。

這場突如其來的意外，幾秒鐘便結束了。

周圍的群眾也紛紛散去，廣場依舊播放著歡樂的聖誕歌曲，人潮一波又一波，彷彿方才什麼事情都沒發生過一樣。

我們幾人恰好在旁邊目睹這件事情發生的經過。

「那個……你見到了嗎？」

我低聲跟身旁的吳廷岡確認。

如果我沒看錯，剛才西裝大叔拉著年輕男孩跌倒的那一瞬間，我似乎見到大叔從對方的背包裡，悄悄摸出一個藍色皮夾，然後把它藏在西裝內側。

就連剛剛跟老先生購買口香糖的錢，也是從偷來的皮夾內掏出來的。

「嗯，當然。」

吳廷岡點點頭，並且嘴角略微上揚。

「手法很俐落啊，感覺不是第一次幹這種事。」

「這樣的手法，我在台北還是第一次見到，在像東京這種人潮更擁擠的地方，比較常見。」

「看來今天來過聖誕節的，不是只有我們一組罪犯，大家皮包看緊一點啊。」

我雖然表情挺認眞的，但話才說完，自己卻不自覺地笑了起來。

「那個……」原本一直在旁邊默不作聲的凱文，忽然開口。

「怎麼了？」

「我好像見過那個大叔。」

「咦？不會吧？」我有些吃驚。

「我也覺得他有些面熟。」聽凱文這麼說，小繪也出聲了。

「啊，這麼巧，該不會是你們同時在哪裡碰過這個人吧？」

我轉過頭，尋找西裝大叔的身影，但今天過節的遊客眾多，他早就不知去向了。

「還記得上次講到那個酗酒的富商嗎？」

「當然，妳和凱文後來還潛入人家住處……咦？所以是那天你們意外碰上的……」

「答對了！剛剛那個西裝大叔，應該就是那天碰巧闖進富商家的其中一個小偷，雖然那晚他有戴口罩，但我猜想，他應該是被凱文弄傷手的那位。」

小繪交叉著雙手，努力回憶當天的情景。

「我也有同感，只是這個大叔好像瘦了點，沒想到上次見面後，居然還會有第二次碰面的機會。」

凱文說完，所有人都不約而同地點點頭。

這時，廣場周圍的燈泡熄滅，舞台側邊的主持人優雅上台，開心雀躍地宣布一系列的活動即將展開。

大夥的注意力立刻轉移向台上，歡欣熱鬧的氣氛把現場炒熱起來。

接著背景音樂曲風突然一轉，底下的群眾紛紛抬起頭，充滿期待地看著高大的聖誕樹，會閃耀出何種耀眼奪目的光芒？

2.

晚間七點的浮木居酒屋，擠滿用餐的客人。

由於上週末無預警地關店，讓許多客人撲空，因此有些恰好經過居酒屋的民眾見今天有營業，便繞進店裡用完餐才離去，今晚的生意顯得特別忙碌。

吳廷岡雖然因爲自小在日本長大，承襲了日本人嚴謹的做事方式，但某些時候仍會隨興而爲，據他說這樣是爲了維持生活的平衡，就像緊繃的琴弦偶爾也要轉開放鬆一下。

任何事物都有它的兩面性，就連人也不例外。

我今天爲了編寫醫院的電子報，採訪了好幾位醫療人員，無論是身體或精神皆有些疲累，特別想繞到店裡喝點東西。

才踏進店裡，遠遠就瞧見我習慣坐的吧台位置，已經有人了。

本來想在外頭稍候一會兒，但發現背影是個熟人，於是便靠了過去。

「你也在呀。」我對坐在椅子上的凱文笑著說，然後坐到他旁邊。

「啊，嗯，對啊。」

凱文說話支支吾吾的，雖然平時他的話本來就不多，但今晚他卻有些反常。

一手拿著長柄金屬湯匙，若有所思地攪拌著眼前的檸檬沙瓦，似乎被我打斷了思緒。

「你幹嘛？今天不太對勁喔。」

「沒什麼啦。」

他雖然立刻回話，但攪拌的速度變得快了一些。

我默默瞥了凱文一眼，沒多說什麼，跟忙碌的吳廷岡招了招手，點了一份豬排蓋飯和生啤酒。

「還喝得下嗎？要不要陪我再喝點？」我說。

「喔，好啊。」

「廷岡，改成兩杯，謝謝！」

吳廷岡對我點了點頭，又忙去了。

店內今天客人很多，談話的聲音也大，還有些是外國的遊客，因此店裡迴盪著各國語言的聲音，就像室內的背景音樂一樣。

我一面吃著晚餐，一面盯著電視裡的體育賽事。

「是女人的問題？」我突然開口。

「咦？才不是。」

「這樣啊，可是看起來很像。」

「別亂講，不是你想的那樣。」

「那就是家人的問題吧？」

「……」

「看來我猜對了。」

「你又知道了？」凱文放下玻璃杯裝的啤酒，心中有些狐疑。

「很簡單啊，幾乎所有的煩惱，都是跟人有關。你太聰明了，課業不可能構成煩惱，此外你也不缺錢。」

「這樣說也沒錯。」

「所以……真的是家人？」

「嗯。」

他嘆了口氣無奈地點點頭。

「哪一位呢？」

「我爸。」

凱文突然開口，這是他第一次提及自己家裡的事情。

我沒有窺探人隱私的嗜好，平時也不愛八卦，但聽見凱文主動說起，著實讓我吃了一驚，也勾起我的好奇心。

「想聊聊嗎？」

「好吧。」

凱文遲疑了一下，但想想本來隱藏在心中的煩惱被我看破，似乎也沒有繼續悶著的必要。

「我爸知道我在台灣了。」

「欸？原來是這樣……」

印象中，凱文是獨自一人待在台北，我以爲他家人知道他的行蹤，沒想到，他一直隱瞞至今。

「在我還很小的時候，就跟著家人移民美國，我爸在美國大學當教授，他一直希望我未來能夠進入研究機構做事，說是工作薪水好又穩定，直到我順利進入大學就讀後，成績依然很出色，但就是覺得無趣、一點意思也沒有，很想趕快到各地去看看，但一直被阻擋，於是我瞞著他，自己飛回了台北，這一待就快一年了。」

「這中間都沒跟家人聯繫？」

「沒有，我爸雖然不在台北，但眼線可不少，要是被發現就糟糕了。」
凱文垂著頭喃喃自語，看來他自己也覺得這樣做不妥。
「那他又是怎麼知道你在這裡的呢？」
「不曉得，他就是知道了，還說限我一個月內回美國，要不然他會親自來台北找我。」
我很少見到凱文這麼沮喪的模樣，自從我認識他之後，他就是個話不多，但給人一種溫和感覺的大男孩。
想必他的父親是位相當嚴厲且能幹的人。否則凱文如此聰明，身手也好，應該不會為此煩惱，這中間一定有什麼更深層的原因。
「那現在呢？有什麼打算？」
「不知道。」
「咦？認真的嗎？一個月很快就到囉。」
「我知道啊，但……我就是不想回去，壓力太大了，我情願多幾個危險的委託案件，也不願意回去面對他。」
「好吧。」
我很想幫助他，可是轉念一想，如果勸他繼續躲著不見面，這也不是解決問題的方式，正苦思該如何回應凱文時，被一個上班族模樣的男客人打斷了思緒，他已經在我和凱文身後站了好一陣子了。

因爲今晚店裡生意很好，這位客人要結帳但遲遲找不到吳廷岡，他三番兩次地來到吧台邊朝廚房內張望著。

他很有禮貌，沒有大聲嚷嚷，也沒有露出不耐煩的神色，只是默默在吧台附近等候。

我看吳廷岡在廚房忙著做料理，於是轉頭想替客人結帳，視線才落到對方臉上，我就愣住了。

居然是上次在信義商圈見到的西裝大叔。

或許是我回頭時驚訝的表情太過明顯，吸引了他的注意。

「生意很好呀，眞傷腦筋。」

西裝大叔親切地對我點了點頭，又把視線移回廚房後方，默默等待著吳廷岡。

「景城……」

凱文的表情說明他也發現了，趕緊撇過頭，就怕被認出那晚弄傷西裝大叔的就是他。

「我來幫你結吧。」我從椅子上站起，從西裝大叔手中接過帳單。

「這樣可以嗎？」

「放心，老闆是我朋友，你看，沒問題的。」

我高舉帳單朝廚房叫了一聲，吳廷岡探出頭來，手比了比沒問題的手勢，便又消失在廚房深處。

「那眞是太好了，麻煩你了。」西裝大叔笑著說。

我站在吧台旁，一面接過他手中的現金，一面注意到他掛在襯衫胸前口袋的識別證。

「你是教師啊？」

西裝大叔順著我的視線低頭一看，「啊」了一聲，隨即發現自己的識別證露在外頭，立刻將它解下塞回口袋裡。

「是啊，在附近的小學教英文。」

「眞不簡單。」

我嘴上一邊說，心裡一邊思考，難道現在的老師竟然淪落到要當小偷了嗎？這未免也太諷刺了。

我回憶起上次他偷皮夾的畫面，動作十分俐落，跟眼前這位看來和藹的大叔完全搭不上邊。

「來，這是找你的零錢。」

「謝謝，真是麻煩你了。」

他道謝後把零錢放進皮夾。

皮夾是黑色的，不是上次從年輕男孩那偷來的藍色皮夾。

「那個……看來你是常客，我能不能問個問題？」

西裝大叔原本已經轉身走了幾步，此時又折返回來，並且臉上露出尷尬彆扭的神情。

「請說。」

「那個……雖然這樣說，好像很奇怪，但我還是忍不住想問問……」

「沒關係，你儘管說吧。」

「聽說……這家居酒屋有個神祕的地方，可以改變人的命運……這是真的嗎？」

西裝大叔的眼中充滿期待，我沒想到他會問起這個話題，手指敲打著吧台桌面，一時間不知該如何回應。

身旁的凱文聽見西裝大叔的話，被口中尚未吞下的啤酒嗆到，而一直咳嗽、流眼淚。

「啊，抱歉抱歉，我就知道這只是外面謠傳的八卦，我只是隨口問問，讓你們看笑話了。」

「沒關係，大家第一次聽見時的反應都差不多。」

「是啊是啊。咦？等等……所以是眞的！」

他身子朝前傾，叫了好大一聲，同時眼睛瞪得老大。

居酒屋裡的其他客人被聲音吸引，紛紛朝吧台的方向看來。

就連吳廷岡也聽到了，從廚房探出頭瞥了一眼，卻不是特別在意，馬上又回到他的工作上。

有時客人喝多了，難免會大吼大叫，在居酒屋也見怪不怪了，其他人發現沒什麼異常，又開始吵雜起來。

「是眞的嗎？眞的有這種地方？」

西裝大叔不敢置信，又問了一次，但這次聲音小了許多，一臉深怕別人聽見的模樣，還回頭看了一下。

「是眞的。」我給西裝大叔一個微笑。

「天啊！這該怎麼辦……」

他一手壓著額頭，似乎沒想到我回答得這麼輕鬆，就像是店裡的其中一樣服務，雖然沒有列在菜單上，一旦客人問起，卻也沒什麼好隱瞞的。

「你有興趣了解嗎？當然，這並不是沒有代價的。」

「要什麼代價？」

「嗯，最簡單的一點，就是得付出你個人全部的財產作爲費用。」

我通常遇到好奇的客人問起，都會先說出這條規則，以免知道後反悔而浪費彼此的時間。

「全部的財產……」他沉吟地低語。

「對，但僅限於你個人擁有的。」我補充說明。

「原來如此，這就像把活到現在所累積的成就，全都砍掉重來，一切歸零，果然改變命運不是那麼簡單的啊。」西裝大叔點點頭說。

「看來，大叔你已經有覺悟了啊。」

一直在旁邊的凱文，終於忍不住出聲。

「嗯……是嗎？我自己也不確定。」

西裝大叔說著說著，自己也笑了起來，此刻他給人的感覺，完全不像一個對自己的人生感到絕望的人，但這只是我粗淺的觀察。

直覺告訴我，大叔看起來雖然和藹，平易近人，但總覺得他的笑容背後，帶有一絲無奈，這是假裝堅強多年，已經成為自然反應的人才會有的笑容。

簡而言之，他看起來一點都不快樂，儘管他露出的笑容再燦爛，只要多聊幾句話，都能讓人感受得出來。

「好吧，這樣我知道了。」西裝大叔很有禮貌地朝我們兩人微微點頭。

「如果眞的考慮清楚了，可以再來這裡。」我微笑地說。

「好，謝謝你。」

他停頓了一下，忽然轉過頭直視凱文。

在這一瞬間，我以為凱文曾與大叔交手的身分曝光了，心跳突然加速起來，這裡客人還這麼多，不能發生任何衝突，腦海裡開始編寫該如何應對的劇本。

「弟弟，天下的父母都不容易啊，聽叔叔的，就別耍性子了，不然後悔的一定是自己呀。」

西裝大叔突然沒來由地冒出這段話，說完話就搖搖晃晃地轉身離開了。

「什……什麼啊……我還以為他要講什麼咧……」

凱文呼出一口氣，望著浮木居酒屋的大門碎唸道。

看樣子，西裝大叔站在我們兩人身後已經有一段時間，就連凱文的話也不小心聽進去了。

居酒屋的大門發出「碰碰」的聲音，

不曉得是街上的寒風吹過，還是剛才大叔關門的緣故。

西裝大叔的背影穿過店門上頭的玻璃，看起來有些落寞。

「這人看起來，就像一瓶壞掉的酒，裝在漂亮精美的玻璃瓶裡。」

吳廷岡不知從哪邊冒出來，站在吧台內側淡淡地說。

「酒還有壞掉的？」我疑問地說。

「當然，如果釀造的過程出了差錯，或者保存不當，都有可能。」

「喂，你們兩個在說什麼呀？」

凱文一臉茫然的樣子，惹得吳廷岡哈哈大笑。

「沒什麼，聽說你好像很煩惱啊，要不要再來一杯？」

吳廷岡把我倆的杯子裝滿，又一頭鑽進廚房忙碌去了。

3.

冬季的夜晚降臨得特別快，也特別漫長。

小時候看過不少古代的俠客故事，那些武功高強、身輕如燕的大俠，都會趁著月黑風高的晚上，悄悄懲奸除惡，等到雞鳴天亮時，殘暴的惡霸橫死街頭，老百姓看到了，無不一再感恩上蒼。

現在正值午夜一點，街上寂靜無聲，我當不了大俠，比較像個竊賊，蹲坐在市內商圈的巷弄台階上，交互搓著手掌取暖，等待凱文從對角的外商藥廠倉庫出來。

這是一件暗蕨最近新接的委託案，委託者是一名舊時地方望族的後代，家族過去坐擁不少土地和房產，隨著家族成員越來越多，早已不如以往，但仍維持不錯的教育水準。

我曾聽人說過，文化雖不如財產可以量化，可是代代相傳的教育與文化資本，不像金錢那般容易失去，這點倒是不假。

委託者是一位四十多歲的中年男子阿強，人如其名，看起來高高壯壯的，談吐風趣，一副社會菁英的模樣。

但阿強卻有著不為人知的辛酸。

他的妻子患有嚴重的憂鬱症。

近期，由於幾款國外原廠藥因各種考量，開始逐步退出台灣市場，有一款精神科用藥「百憂解」，即是其中之一，雖然台灣本身也有相同成分與劑量的學名藥可以替代，但實際上，不論是醫師或病人，仍有一部分的人傾向使用原廠藥。

在百憂解撤出後，阿強的妻子不曉得是不是不習慣新藥，病情又開始不穩定，到後來居然連藥也不吃了。

抗憂鬱藥物吃了雖不會成癮，但因為藥物會讓體內的血清素增加，據我在醫院工作的經驗，如果擅自停藥，會有所謂血清素戒斷的副作用，可能造成頭暈、焦慮、手抖或嘔吐等情況。

此刻，阿強的妻子已經擅自停藥一週了，戒斷的副作用相當明顯。

於是阿強找上了暗蕨，他打聽到有間藥廠倉庫還囤積著大量的百憂解，夠他妻子吃上好幾年，因此拜託暗蕨協助，幫他把這些庫存藥都偷出來，以解決他的煩惱。

今晚我們趁著半夜空檔，前來阿強口中說的藥廠倉庫勘查，並了解一下周邊環境。凱文臨時提議說，此刻倉庫無人看守，乾脆設法進去瞧瞧，順便查探阿強的情報是否正確。

我看了一下手錶，他已經進去十分鐘了，目前還沒有任何異狀。

凱文最近也深受家庭問題困擾。

我後來沒有繼續追問他的想法，畢竟他已是個成年人了，有自己的考量與判斷，若眞的有需要我們提供意見的地方，他自然會開口，我是這樣認爲的。

但看他最近在執行委託任務時，積極的程度似乎跟以往不太一樣，甚至有些判斷已經接近冒險的程度了。

我不太清楚他在想些什麼。

也許他有自己的盤算，又或許他根本什麼都沒在想。

我又等了十分鐘左右吧，一輛警車閃爍著警示燈，緩緩從旁邊的道路經過，我立刻挪動了一下身子，隱藏至柱子旁的暗處。

警車沒有停下來，繼續朝前方駛去。

看來只是例行的夜間巡邏而已。

我才回過頭去，便見前方閃過一道黑影。

我下意識地抬手去擋。

重量很輕，仔細一瞧，是個白色的空盒，上面寫著PROZAC，是百憂解的英文名。

「喂，別這樣，嚇了我一跳。」我看著一溜煙就鑽到附近的凱文，低聲說。

他一身暗色運動服，看起來就像深夜出來運動的大學生，完全跟擅闖別人公司的竊賊搭不上邊。

「搞定，裡面眞的像他說的，一箱一箱的藥盒，數量夠他太太吃一輩子了。」凱文笑著說，很有自信的樣子。

「看來他的消息正確，你還沒動手吧？」

「嗯，這是我先從垃圾桶撿出來的，如果現在一次偷那麼多，怕隔天就會被發現數量不對了，這點規矩我還是知道的，下次跟小繪一起來再說。」凱文點了點頭說。

看來，他雖然最近行事有些冒險，但仍不用我操心。

傍晚五點，浮木居酒屋的客人還不多。

通常這時間不會有客人來用餐，頂多是路過的觀光客前來喝杯飲料，休息一下，停留的時間都不會太長。

我聽說今天有委託案正在談，因此特別提早離開辦公室，下班來到店裡的時候，卻只剩下吳廷岡一人而已。

「他走囉？」我朝室內環視一圈說。

「誰？」

吳廷岡在廚房洗著杯子，探出頭問。

「我們新的委託人啊。」

「喔喔，你說阿強啊，他前腳剛離開，你晚了一步。」

他舉起洗好的杯子在頭頂晃了兩下。

「好吧，算他運氣不好囉。」

「怎麼了？」

「其實也沒什麼事，我今天順口問了一下醫院內熟悉的精神科醫師，還有沒有庫存的百憂解，他神祕兮兮的，要我別張揚，給了我一盒，想說可以給阿強帶回去。」

我坐在吧台的椅子上，指著旁邊的公事包說。

「看來你不幹管理職後，也開始不守規矩了。」

吳廷岡在旁笑說。

「恐怕打從選擇加入暗蕨的那一刻起，就沒再遵守了吧。」

「這麼說也是。」他還故意誇張地嘆口氣。

「所以他剛剛怎麼說？」

我想起剛才沒見到的阿強。

「阿強看到你和凱文帶回來的空盒，佩服得要命，二話不說就把錢給付清了。」

「眞是個爽快的傢伙，他跟太太的感情一定很好吧。」

「的確不容易啊，要照顧罹患精神疾病的家人，特別困難。」

「是啊，看來我也該開工了，這次該怎麼規劃呢……」

我托著臉頰，腦袋思索該如何竊取那些原廠藥，卻又不會被其他人發現的做法。

其實最簡單的方式，就是把空藥盒給小繪，她沒多久就能做出數十箱一模一樣的藥盒，甚至要她把裡面的藥替換成台灣常見的學名藥也是輕而易舉的事。

但這麼做的話，一旦藥商把這批假的「原廠藥」給流了出去，那麼對吃到這批藥的人來說，恐怕就不是一件有趣的事了。

雖然外界總說學名藥不單只是化學成分與原廠藥相同，還要通過生體可用率及生體相等性等試驗，以證明與原廠藥物並無不同才行，但就現行的醫界來說，還是存有原廠藥比較好的想法，或許這也是某種迷思吧。

我在位子上苦思良久，還是想不出其他更好的方法。

「看來，掉包成學名藥好像是唯一的路啊……」

我喃喃地說。

從公事包找了張白紙，開始規劃行動的細節，完成之後，小繪和凱文就會依據這個「劇本」去執行。

此刻我還沒有太多的想法，只是隨手在上面寫些無關緊要的靈感。

但就算這樣也無所謂，其實創作也是同樣的道理，許多看似浪費時間，甚至可以說是卡關的過程，事後來看，也都是必要的，此刻更必須專注於眼前的問題，不斷思索是否有更好的做法。

尤其經過上次林雨琦的那件事之後，我忽然有種感觸，就是世界上沒有什麼是毫無意義的事，不管是好事或壞事，會發生自然有它的原因，總有細微卻值得記下的事物。

時間一晃眼就過去，不知何時，窗外的夕陽已落下。

室內亮起橘黃的燈光。

暖色調的光線將居酒屋映照成一片黃澄澄的顏色。

時間越來越晚，店裡的客人逐漸多了起來。

「景城，我上次有聽到你們的對話，雖然斷斷續續的，不是很完整，但還是知道一些情況。」吳廷岡趁上菜的空檔，來到我身邊突然這麼說。

「你是指凱文和他家人？」

我被吳廷岡的話打斷思緒，抬起頭直盯著他，注意力一下就被他的話帶走。

「對。」

「嗯，雖然不太理解他和家人發生了什麼事，但看他這樣，身為朋友的我總想幫忙些什麼。」我回答。

「……」

「怎麼了？」我看著吳廷岡有點遲疑、欲言又止的樣子問。

「跟你講一件事。」他沉思片刻之後說。

「快說，別賣關子。」

「其實，凱文是私生子。」

「咦？」

我瞪大了眼睛。

「是真的，凱文是他父親的私生子，母親生下他後就離開醫院，不知道為何就消失了，是他父親瞞著所有人，將他寄養在親戚家，直到上小學才一起接到美國生活。」

「這些……都是他親口跟你講的？」

我想起剛認識凱文的時候，比現在還沉默寡言，是近期與大夥逐漸熟稔，才漸漸讓他打開心防，但我知道後依然非常訝異，他居然有這麼一段過去。

「嗯，那天他像隻無助的小狗坐在店門口附近，我請他進來吃點東西，誰知道他這麼不會喝酒，酒才下肚就說了一大串，而且還差點吐了一地。」

吳廷岡搖頭苦笑，他看起來雖然嚴肅，但心腸挺好的，多虧他當天伸出援手，否則凱文現在不知道會流浪到何處。

「那你清楚他跟父親……究竟是在鬧什麼矛盾嗎？」我關心地詢問，也許知道他們父子衝突的點，就能替凱文做些什麼也說不定。

「他只有提到一點，應該是跟教育方式有關。」

「教育方式？都考上麻省理工學院了還不夠嗎？」

我困惑地說。

心想凱文是資優生，成績相當優秀，難道這樣還有什麼問題嗎？

「不是我們認知的那樣。」

「所以……」

「凱文說的不多，但我猜想，應該是跟東西方的教育文化衝突有關，他曾說他那位當教授的父親管太嚴，讓他很丟臉。」

「丟臉？居然嚴重到用丟臉來形容啊……啊！如果眞是這樣，那就說得通了。」

「你想到什麼了？」他抬起眉毛，好奇地問。

「老闆，不好意思，我們要點餐。」

吳廷岡見門邊的客人在跟他招手，示意我暫停一下，趕緊去服務客人，一溜煙又轉進吧台內側。

我趁著空檔，拿起飲料喝，並且稍微整理一下思緒。

但其實這也只是個人的臆測而已。

要知道凱文目前年紀雖小，但也是個大學生了，正值期許自我獨立與探索人生的階段。而他又曾說過，跟父親相處的壓力太大且感到丟臉，那麼依據這兩點來看，我猜跟同儕的壓力應該有關。

因爲凱文從小沒有得到父母的照顧，父親對他應該有某種程度的愧疚感，從他特地把凱文接到美國照顧就可看出，他並不是毫無責任心的男人，但過往的錯誤，造成他特別想要彌補這段關係，因而傾盡自己所有的資源用來栽培孩子。

東方的教育雖然立意良善，嚴格且有許多規範，也因此容易讓孩子感到壓力很大。

而凱文的求學環境卻是處於西方社會，那是一個講求獨立的環境，如果家長仍用東方那套教育方式——時時刻刻叮囑，只爲了避免孩子受傷，那麼站在凱文的立場來說，他會用「丟臉」或「壓力大」來形容，也是能夠理解的。

甚至更激烈一點的，會想要離家出走，就像凱文那樣。

吳廷岡一進入廚房，二十分鐘就過去了，我早已習慣他話說到一半就消失，因此並沒有特別感到意外。

又過了一會兒，他才有空再度湊到吧台邊，聽我剛才在腦海裡整理的那番論點。

「原來如此啊，這樣一說，感覺挺有道理的。」

他一邊調著飲料，一邊點頭表示認同。

「不過，我想很多人小時候都有相同的經歷，只是凱文的做法稍微偏激了點。」

「找個機會勸勸他好了，不然一直逃避也不太像話。」吳廷岡無奈地說，他小時候是在日本長大的，因此這種高壓教育對他來說，也不是什麼新鮮事，我想也許他眞的有辦法也說不定。

拉門傳來喀啦喀啦的滾動聲響，外面的寒風吹進店裡，又有客人上門了。

「生意不錯啊。」我對他說。

吳廷岡低著頭，自然反應地喊了聲「歡迎光臨」，他說話的聲音跟平時一樣，抬頭望向門口一眼，臉上的笑容卻變得有些僵硬。

「嗯？」

我隨著他的視線，不由自主地回頭朝門口瞥一眼，也愣了一下。

是西裝大叔。

他手上拎著一把透明雨傘，上頭還有水珠，不知何時外面居然下了一場雨。

瀏海因空氣潮濕，變得有些扁塌，整個人看起來狀況不是很好。

「啊……你好。」

西裝大叔一眼認出我，站在拉門前，很有禮貌地朝我們兩人點了點頭。

「果然來了。」吳廷岡輕聲地用我倆才聽得到的聲音說。

「嗯。」我簡短回應。

此時我耳邊隱約響起，吳廷岡不久前說過的話：「就像一瓶壞掉的酒，裝在漂亮精美的玻璃瓶裡。」

4.

西裝大叔不說話的時候，嘴角仍微微上揚，如果是初次見面，這樣的表情會給人舒服和善的印象，但從我和吳廷岡的眼神來看，顯然對我們一點都不管用，甚至覺得有些詭異。

「放輕鬆一點，這裡本來就是讓人休息找樂子的地方。」

吳廷岡主動遞給他一杯生啤酒。

「啊……我沒有點這個……」

西裝大叔坐在吧台的椅子上，望著冒著白色泡沫的啤酒不知所措。

「這是免費招待的。」吳廷岡收走剛用完的餐具，一邊走一邊說。

「眞不好意思，那就不客氣了。」西裝大叔高聳著肩膀，感謝地點點頭。

喝了一大口啤酒，緊繃的肩膀似乎放鬆了下來。

西裝大叔叫王福芢，是附近小學的英文教師。

這是我第二次在浮木居酒屋見到他。

我坐在王福芢旁邊，在他吃完飯後，把椅子從面對吧台的方向轉向他。

「先隨便聊聊吧，你想講什麼都行，那就從……你找上『暗蕨』的原因開始說起，可以嗎？」

我看著王福芒的雙眼，省略了大半的開場白。

「咦？就在這裡說嗎？」

他瞥了一眼店內的其他客人，對我直接進入主題感到有點意外。

「是啊，你都來第二次了，想必已經下了某種程度的決心，我說的沒錯吧？」

「嗯。」

「放心吧，其他人聽不見的。」

我指了指正在播放音樂的喇叭。

恰好播放到老鷹合唱團的〈加州旅館〉。歌詞正唱到「這裡究竟是天堂還是地獄」的部分。

這是我很喜歡的一首歌曲，不論是旋律或歌詞中中所提到的故事。

王福芒沉默了幾秒鐘，又喝了一大口啤酒，杯子一下子就見底，些許酒液順著他的嘴角流到下巴。

「我的人生被詛咒了。」

王福芒說這句話的時候，終於沒有了不自然的笑容。

雖然前來暗葳尋求改變的人，沒有一個是對自己目前的人生感到滿意的，但他如此果斷地述說，仍不免讓我訝異了一下。

他的表情逐漸脫去僞裝，眼神陰沉了下來。

在這一瞬間，我還以爲是兩個完全不同的人。

不禁開始好奇，眼前的這個人，到底用這樣的僞裝生活了多久？

王福芢從小出生在一個以擺攤維生的家庭。

每天下課都得想想今天是星期幾，因爲父母擺攤賣雜貨的位置是隨著日期改變，他的童年回憶，幾乎都是蹲坐在廂型車裡寫著功課，市場裡的油煙和吵雜人聲，他更是習以爲常，在小小的腦袋瓜裡，以爲這就是世界該有的樣子。

王福芢很懂事聽話，每次瞧見全家人一起來逛街的家庭，那些孩子總是調皮任性地在攤位前，不停地吵著要大人買玩具，他總是十分羨慕對方，心想，爲什麼他們的年紀跟我一樣，卻可以靠著吵鬧得到玩具？

爲什麼不需要睡在滿是蚊子和蒼蠅的地方，就可以擁有他所沒有的一切？

幼時王福芢家的攤位前，雖然擺放著成堆的玩具，但他從小就知道，那些玩具是不屬於他的，卻還要裝出很好玩的樣子，跟那些他十分厭惡的同齡小孩，一一推銷自家的玩具，儘管這些玩具他從來不曾打開玩過，每個玩具塑膠外盒卻都有他的指紋。

那是屬於我的。

而當他成功推銷出去，把玩具裝進塑膠袋給對方的時候，他心底都是難過的。

甚至有些孩子在得到玩具後，居然轉頭跑走，隨手把袋子交給身旁的大人。

如果不喜歡，你可以還給我啊！

可惡的傢伙。

這種日子並沒有持續太久，上了國中後，他很努力念書，成績在班上也排名中上。

但命運似乎沒有放棄玩弄他的念頭，他被霸凌了。

這個厄運來得無聲無息，他甚至不知道自己究竟做錯了什麼。

王福芒身邊的同學全都不跟他說話，甚至他主動向對方打招呼，也被刻意忽視，就像班上沒有這號人物一樣。

這是他過去不曾有過的經驗，完全不知道該怎麼處理這種事。

他回到家中跟父母訴苦，卻只得到一句話：「你就是不夠堅強，如果像爸媽一樣強壯，這點困難根本不算什麼。」

「可是我已經很努力了……」

「還不夠！你以爲這世界是那麼容易生存的嗎？」

「……」

他無言以對。心想，原來是自己不夠優秀的緣故啊。

因爲我不夠厲害，所以才被排擠，他們不想跟我當朋友，也是因爲我太弱的緣故。

沒有人想跟弱者交朋友。

從那天起，他犧牲玩樂的時間，下課時更努力替家裡賺錢，更立志要念當時最熱門的外文系，他夢想像那些高級知識份子一樣，說著一口流利的外語，不再有人用鄙視的眼神看他，他要坐著飛機到各國遊走，就像好萊塢電影裡的大老闆那樣。

但霸凌的日子仍沒有間斷，甚至成爲他求學生活的一部分。

上了大學後，他半工半讀，也因此認識了現在的太太。

但王福芒最終仍然沒有成爲他夢想中的超級白領菁英，而是成爲一名英文教師。

學校同事對他都很友善，兒子小光也很乖巧，雖然太太因爲工作的關係，必須在南部工作，只有假日才能相聚，但彼此仍然非常相愛。

努力多年的他，應該是可以好好過人生的時候。

當年他的父母因爲被環境所逼，使得年幼的他被迫快速長大，成爲任何事情都得自己處理的小大人，雖然被許多長輩稱讚懂事，但他心底清楚，這種日子眞的太辛苦了，如果我以後有能力，絕不會讓我的孩子面對同樣的情況，我要讓他有個正常的童年，並能學習各種才藝。

他開始有這種念頭後，忽然覺得教職的收入有限，無法讓他栽培孩子的心願全部實現。

於是他開始鋌而走險，多年在社會陰暗角落打滾的經驗，使他結交了不少三教九流的朋友，他知道如何偷竊，用各種不光彩的方式，獲得更多的金錢。

從偷竊得到的財物，他幾乎毫無保留地投入小光的補習費與才藝課。

「你就是不夠優秀，才會被霸凌……」

這句話就像是幽靈般，深深附著在他心靈的最深處，時不時跑出來肆虐一番。

身爲父親的他，有責任保護自己的孩子，而最好的保護方式，就是訓練孩子成爲最優秀的人。

「我不能讓他經歷我曾走過的路。」哪怕只有一點點的可能性都不行。他一定要成爲最優秀的。

怎知道前一陣子，王福芢見到上國中的兒子開始悶悶不樂，放假也鮮少外出，在這個活潑好動的年紀，沒有任何玩樂的邀約，是一件很不尋常的事。

他以爲是課業壓力太大的關係，卻又感到有什麼不對勁。

在王福芢的逼問之後，小光終於不情願地吐實。

原來在某些同學的造謠生事下，班上同學都不敢碰他兒子曾摸過的東西，說那上面有傳染病，只要摸一下，就會被他傳染。

傳染病會像瘟疫一般蔓延，是人人都知道的事，卻不曾見到有人眞的感染什麼奇怪的疾病，謠言都是這樣開始的。

儘管他兒子是個溫柔的人，甚至還合理化同學的行爲，王福芢其實都知道這是怎麼回事。

小光也被霸凌了。

就算他拚了命改變自己的人生，甚至幹了許多不光彩的事，但到頭來仍是什麼都沒有改變。

更嚴重的、悲慘的命運彷彿在他出生的那一刻就注定如此，甚至延續到下一代。

咔啦——

他心裡那座堆砌多年的城堡，似乎在一瞬間崩塌了。

他有一股衝動，想到兒子班上，將霸凌他兒子的小鬼抓到走廊上痛揍一頓，但身爲教師的自覺，沒讓錯誤繼續擴大、蔓延。

但這卻撫平不了他混亂悔恨的心情。

難道……我已經這麼努力了，什麼改變都沒有發生嗎？

「你們說，我的人生是不是被詛咒了？」

王福芒此刻的眼神空洞又陰沉，我很少見到有人會如此絕望。

他之前的微笑，果然都是假裝的。

那是他從小被霸凌所形成的一種自我防衛機制。

當人人都說伸手不打笑臉人的時候，卻沒有人告訴我們，不是一切事情都可以用這種方式解決。

微笑可以讓事情變得更好處理，卻不是處理事情唯一的方式。

我努力思索自己的求學經驗，周邊也不乏被霸凌的同學，雖不曾動手欺負他們，卻也沒有主動站出來聲援。

就算是出聲制止也好。

就像社會上絕大多數人那樣，只是眼睜睜地看著事情的變化。轉過頭，就以爲自己看不見；但其實，心裡早就知道那些被欺負的孩子，是多麼渴求別人的協助，卻一再希望落空。

那種心情，是一般人很難體會的吧。

王福芢的臉脹得有些發紅，不曉得是因爲酒精作祟，還是述說他悲慘人生的緣故。

「最近，我兒子居然開始不聽話了，他說我的管教方式太落伍，應該要尊重他的自主權，不要擅自決定他的人生。」

「嗯，這應該是學校教的，最近不是常常教大家要互相尊重嗎？」

「尊重是很重要沒錯！但現實社會裡，大家只會尊重那些優秀、比自己厲害的人，不是嗎？我不能因爲自己也是教師，就只教他課本上的知識，這樣太危險了！」

「嗯，這樣說也有道理。」我只能附和地點點頭。

「當年的我沒得選擇，被迫面對社會現實，現在經濟條件好了，卻又抱怨我管他太多，我眞的不知道該怎麼辦才好。」

王福芒一口氣說完自己的故事，感到有點累了，這才漸漸安靜下來。

「我明白了，眞是辛苦的人生。」吳廷岡聽完全部的故事，點了點頭說。

「……」

王福芒沒有回話，不曉得在思考什麼，也許回顧不願再次想起的成長經歷，帶給他太多的傷痛，他宛如跑完一場馬拉松，癱坐在椅子上，手撐著臉。

「景城，那就先交給你了。」吳廷岡說完，又回到廚房，繼續忙起居酒屋的工作。

「我知道了。」我揮了揮手說。

王福芒看了我一眼，又緩緩垂下頭。

「好吧！先讓我跟你講解一下規則，這樣可以嗎？」

「嗯，所以是眞的？眞的能改變自己的人生嗎？雖然你說過，但總覺得不太可能……」

他抬起頭，眼神仍透出疑惑，一副不敢相信的樣子。

這使我想起電視劇中曾見到的可憐人，明明想開口求救，卻又怕被人拒絕、被人嫌棄的模樣。

「當然是眞的。」我堅定地說。

「好吧，我知道了。」

王福芒臉上再度露出微笑，雖然短暫，但這回的笑容是自然的。

「但還是有些規則，要請你注意一下。」

「好。」他收拾好情緒，認眞地面向我說。

「第一點，上次已經先跟你提過了，任何要修改人生劇本的人，費用是個人所擁有的全部財產，這點有問題嗎？」

「我已經有覺悟了，沒有問題，如果眞的有用的話。」

他從背包裡掏出文件夾，裡面夾了幾張提款卡和存摺，看來他是有備而來的。

「好的。那麼接下來是第二點，修改你的人生劇本的時候，必須提供一個參考對象作爲範本，因此，第三點我也一起說明，雖然不需要徵得參考對象的同意，但某種程度也算是偷竊了他人的人生，所以，對方生命中的好與壞，皆有機會一併承接。」

我的語速不快不慢，中間還停頓了一下，就怕對方沒聽清楚。

「還有這種規則？」

王福芢瞪大了眼，突然陷入沉思。

「就這三點規則，你可以再次考慮看看，沒有人會勉強你。」

我說完後，把視線從他身上移開，避免給他壓力。

接著又是一陣沉默，不知道過了多久，他呼出一口好長好長的氣。

「在得知小光被霸凌後，我一直以爲自己的人生被全盤否定了，幸好，這時碰上了你們，眞是太好了。」

他手掌緊抓著膝蓋，眼淚忽然滑落。

我默默看著他，沒有出聲安慰。此時的我，不應爲他接下來要做的選擇，做出任何鼓勵或加油添醋的舉動。

要不要改變自己的人生劇本，應由當事人自己決定，誰都無權干涉，只要他能接受暗蕨的三點規則即可。

落淚只有一下下的時間，王福芢很快便恢復了平靜。

「好，我明白規則，沒問題的。」王福芢收拾好情緒，堅定地說。

於是我瞥了一眼正在廚房工作的吳廷岡，他雖然一直在忙，但還是很關心我們這兒的動態。

他跟我比了一個OK的手勢。

「首先，你的人生劇本，想參照的對象是？」

我從公事包裡掏出筆記本——那本我專門用來寫人生劇本的本子。

提起筆等待著他回覆。

「許智村，他是我任職學校的新任校長，年紀跟我差不多，卻升得非常快，最近調到我們學校，他的兒子今年剛得到全國科展首獎，正準備出國念書。」

「嗯，感覺是一個很美滿的家庭，難怪你會選擇他。」

「不只是這樣的……」

「嗯？我不明白，他的人生不是挺好的嗎？」

「許智村是我國中時轉學來的同班同學，他只短暫停留幾個月就轉走了，而且……」他說到一半，停了下來。

「而且？」

我轉頭問他，發現他的表情不太對勁，他凝視著桌上一個點，但那裡什麼東西都沒有。

「當年，一切就是他帶頭起鬨的，從那時候開始，對我的各種捉弄和霸凌就沒斷過，他沒多久就轉學走了，但他留下的一切卻從來沒結束，讓我承受了許多年的痛苦。」

我看見王福芒露出怨恨痛苦的表情，但一閃即逝，旋即又恢復了冷靜。

「放心，我不會對他怎麼樣的；況且他似乎已不記得我的樣子，畢竟他那時四處轉學，對我沒印象也是很正常的。」

「這眞是無可奈何的事。」

「嗯，雖然說我不會對許智村做出什麼不好的舉動，但他對我客氣地打招呼的那張嘴臉，我眞的無法忍受。」

「嗯……」

看來有些事就算經過多年，依舊無法釋懷。

「所以，我想變成他，我想要擁有他那種成功的人生，我並不奢求他也經歷我的那種痛苦，但讓我脫離因他而起的悲劇，就算是抄襲他的人生，我想這也是他應得的。」

他從原本一直凝視的桌面，緩緩將視線移到我身上；但他的視線似乎也沒有在我身上，而像是穿過我的身體，停留在更後面的地方。

「我知道了，這是你的決定。」

我默默向他點了點頭，在筆記本寫下王福芒的名字，接著依照他的想法，開始動筆寫下他想改變的人生劇本。

老實說，王福芒給人的感覺雖然和善，但仍能讓人感受到，他的內心其實是非常壓抑且孤獨的。無論是在校園或職場，一般人對霸凌事件都時有所聞，但對曾被霸凌的人所承受的痛苦，卻是其他人很難體會與想像的。

儘管他們可能就在我們周遭，甚至就是我們的親人、朋友或同事。

彷彿是另一個世界——陌生且遙遠，遙遠到讓其他人忽視他們求救的眼神，卻又近到讓受害者一眼就能看清楚那些旁觀者的冷漠。

一如往常，當「暗蕨之屋」打開門的時候，導演像是早已預期王福芒的到來。

他站在漆黑的房間裡，房間中央有一張深褐色的古董書桌，以及一張老舊的椅子，他靜靜地看著我和王福芒兩人。

窗外依然是霓虹招牌的閃爍燈光，紅紅綠綠的光影灑落在黑暗的空間，有種飄浮在太空中的虛無感。

這幅畫面，不管看幾次，都覺得很神奇。

「進去吧，坐到那張桌子前，接下來會有人告訴你該怎麼進行。」我對他說。

王福芒感激地對我點點頭，吸了一口氣，抱著我替他撰寫好的新人生劇本，小心翼翼地踏入黑暗中；然後，門緩緩地自動關上。

我在「暗薇之屋」門前佇立了一會兒後，便獨自緩緩走下樓。

現在剛過晚上九點，浮木居酒屋裡已經沒有客人在用餐。

餐桌上收拾得很乾淨，廚房有水流的聲音，卻空無一人。

從店裡望出去，門邊有一小點忽明忽暗的橘紅色火光。

「廷岡，你在這裡抽菸不冷嗎？」

我推開拉門，外頭冷冽的寒風立刻竄進我的大衣裡，我下意識地抓緊大衣。

「嗯，剛忙完，抽空出來放個風。你呢？處理好啦？」

「差不多了，剩下就是導演的工作了。」

我走下門前的階梯，恰好穿過一陣香菸的煙霧，幸好味道不至於令人難以忍受。

空氣中有種奇異的植物香味。

「我覺得凱文他爸以及王福芒，有著驚人的相似之處。是不是當了父親之後，就愛把自己沒有的、得不到的，全都加諸到下一代身上。」

「聽你這樣講，好像有幾分道理。」我回答。

「是吧，但這樣一來，不就像是父親一直背負著孩子走路嗎？很累人的。」

「累是一定的，或許坐在父親肩膀上，真的能看到自己看不見的風景也不一定。」

我的腦海忽然閃過，小時候爸媽帶著我到河堤邊看煙火表演，由於人潮太多，父親總是一把把我抓起，讓我坐在他的肩上，父親轉向哪裡，我就看向哪裡。

放眼望去，煙火照亮底下的人群，那時只覺得煙火好壯觀、好漂亮。

父親時不時還會問我此刻在放什麼顏色的煙火？

我那時覺得奇怪，他應該也看得到才對，爲什麼要一直問我呢？

直到後來，我才漸漸明白，那天人潮洶湧，再加上我不安分、亂踢的小腿，父親什麼也沒看見，但他依然站得直挺挺的。

5.

在一片黑暗的馬路上，一個行人都沒有，汽車平穩地駛過台北市繁華的街道。

黃色的路燈由前往後不斷劃過，像極了一條點燃不滅的仙女棒軌跡。

我坐在汽車後座，些微的搖晃感，沒有使我從睡夢中清醒。

倒是傳來一股幽幽的新鮮綠葉和薔薇的柔和香味，味道很熟悉，我好久沒有聞到這種氣味了。

那是靜織最喜愛的香水。

我記得有一年靜織登台演出，她是擔任女主角身旁的閨密好友，由於是她首次擔綱女配角的角色，台詞比以往要多，所以她非常緊張。

那時，化妝師見她神情緊繃的模樣，便從包包內掏出一瓶透明的香水，輕輕地在她的脖子和手腕處擦了一點。

清新柔和的香氣，讓緊張不安的靜織逐漸放鬆了下來。

於是我將香水的品項記住，趁靜織生日時送了她同樣的香水，從此之後，她每回上台前，都會輕輕地擦在身上。

香水的味道融合她自身的體溫與氣息，成了她每回演出前的獨特味道。

我坐在車內，輪胎壓過地面不平整的地方，我緊貼椅面的背部滑了一下，迷迷糊糊中，聽見有人在呼喚我的名字。

「景城——景城——」

我吃力地睜開眼睛，發現自己坐在一輛私家轎車的後座，車內連同我共坐了四個人。

我不知道自己爲什麼會在這裡，在腦袋迷糊的情況下，幾乎很難理性地判斷，於是我轉過頭，詢問身旁的人。

「我在哪裡？」我話才說到一半就止住了。

坐在我身旁的竟然是靜織。

她穿著粉白色的緞面連身洋裝，整個人神采奕奕的，正興奮地不停說著話，但隨著她的嘴巴一張一合，我卻完全聽不見她的聲音。

就像在眞空裡說話那樣，四周全然的安靜。

我順著她的視線望去，前座兩人分別是我的父親與母親。

他們兩人正津津有味地聽著，不時露出笑容，很滿意的模樣。

我已經很久沒想起這種全家聚在一起的情景了。

「這是怎麼回事！妳怎麼會在這裡？」我情緒激動地說。

但靜織似乎完全聽不見我的話。

這樣的狀態不知道持續了多久，我愣愣地一下看著靜織，一下看著已經不在人世的母親，情緒由激動逐漸轉爲迷惘。

「媽……」

我喃喃叫道，但坐在前座的她一點反應也沒有。

「你知道嗎？今天台下的觀眾好熱情，我雖然在台上看不太清楚，但從他們的掌聲，我就知道他們一定很喜歡今天的表演！」

就像有人突然打開聲音的開關，靜織的說話聲我能聽見了。

「什麼？」

我用力地眨了眨眼，設法讓自己清醒一些，但仍是一頭霧水。

「但你錯過了整場的演出，眞是不可原諒啊。」

「咦？」

我以爲自己聽錯了，後來終於意會過來，她現在提起的，是那晚因爲在醫院加班，以致錯過大半場的演出。

「對不起，我不是故意要遲到的。」我面對著她，緩緩低下頭說。

「沒關係，這一切都已不重要了，反正你什麼也改變不了……」

「靜織……」

我抬起頭，想解釋些什麼，這時，我忽然看見窗外有道黑影從一個小點逐漸放大，然後變成好大好大一個黑色龐然大物衝向靜織身後。

「小心！」我大喊出聲，喉嚨傳來撕裂般的痛楚。

「你錯過我這輩子最後的演出。」靜織面無表情地繼續說道。

「碰碰碰！」

猛烈的撞擊如同海嘯，車內的物體和碎玻璃四處飄浮，我整個人好像懸浮在半空中。

碎玻璃劃過靜織的粉白色洋裝，切開她的肌膚。鮮紅的血液像是一顆顆凝結在外太空的紅色星球，緩緩在半空中游動。

失去重心的我，依然嗅得到靜織身上熟悉的香水味，但隱約覺得有些不對勁。

這時，我突然想起，這是香水剛噴灑出來時才有的味道。一般來說，當香水與每個人身上獨特的氣味結合時，會散發出另一種香味。

但此時我聞到的，只是單純從瓶內噴灑出來的香水味。

沒有靜織身上的味道。

當我意識到這點時，在空中失去重心的我，瞬間有了重量，急遽的下墜感讓我再度驚呼出聲——

我猛然睜開眼，感覺背後的襯衫是潮濕的，一時之間弄不清楚自己究竟在哪裡。這時，頭頂的白色光線照得我有些刺眼，四周是潔白的牆面，有一台螢幕仍開著的電腦，還有幾份卷宗平躺在我前方的辦公桌上。

室內一個人也沒有，牆上掛了一個時鐘，顯示現在是晚上十點五十分。

「居然已經這麼晚了……」

今晚為了完成一份醫院的文章，我留在辦公室內寫稿，但不知道為何，竟然工作到一半就睡著了。

我靠在椅背上，身體依然感覺緊繃。

我不知道已經多久沒夢到那晚的情景了，在車內翻滾的畫面讓我的腦袋轉個不停，有點想吐。

那是我極力想忘掉的畫面，但想起那是一家人團圓的最後記憶，每每令自己動彈不得。

我什麼都改變不了。

我喝了口水，把注意力拉回電腦螢幕。不久之前，訪談了院內的精神科醫師，正著手整理有關精神科衛教的資訊，由於資料內容非常龐大，因此遲遲不知如何下筆，於是在網路上隨意瀏覽，沒想到卻睡著了。

我設法製造一點聲音，於是點開Youtube，近年來，許多有用的資訊都被人製作成影片，點閱了幾部短片，卻意外被一個不相干的影片標題所吸引。

「超猛英語教師，揭露地下黑幫神祕面紗！」

我好奇地點進去看，這是一個新開的頻道，幾天前才上傳完畢，但觀看人數卻成長得非常迅速。

「不會吧……」

我張著嘴，難以置信地看著這部影片。

影片中的男人穿著筆挺的西裝，手持著攝影機自拍，他進入一間看似酒店的地方，然後用生動有趣的方式，介紹這座城市最不爲人所知的黑暗面，甚至請到外國的黑道人士，用極爲流利的英文跟對方溝通，互相分享各地一些不爲人知的黑道趣聞，談論的主題雖然上不了檯面，卻是大眾十分感興趣的議題，甚至結尾還頗富教育意義。

而頻道的另一部影片，則是他被其他節目邀請，以專家的身分談論語言教育，由於他的國際見聞豐富，見解也與常人的認知不同，卻又十分有邏輯條理，底下許多網友紛紛留言，好奇他是從哪裡來的專家。

我看了幾部影片後靠回椅背，搖頭讚嘆。

「太出乎意料了……西裝大叔的轉變也太快速了！」

我看著Youtube不斷推送的影片清單，那些充滿王福芒自信笑容的影片，底下稱讚與討論的留言不停更新。

在這短短幾天裡，王福芒默默在網路世界竄紅，儼然是教育專家的模樣。

我回想起不久前，王福芒在浮木居酒屋沉默壓抑的痛苦神情，對照螢幕裡耀眼健談的專家形象，簡直是兩個不同的人。

修改他的人生劇本後，他擺脫了曾被排擠霸凌的魯蛇人生，替換成一位夢想中的職場菁英，我雖然知道其中原委，但轉變之大仍讓我感到非常意外。

在王福芒的新人生劇本中，參照對象是曾在學生時期帶頭霸凌嘲笑他的許智村，也是他任職學校的新任年輕校長，雖然我不曾見過這位校長，想必他也是一路接受良好的家庭與正規教育出身，正值最有活力的階段接任重要職位，一定是備受期待的明日之星。

而王福茫參照他的人生，似乎默默啓發了他體內隱藏許久的開關，連帶影響周邊的人。

更令我佩服的是，他居然將自己不願提起的黑暗面，那些他在社會底層打滾學習到的社會角落知識，用另一種有趣的方式介紹給大眾，也因爲這樣吸引了許多年輕人的目光。

我看著成長驚人的觀看次數，對一位從小就不被喜愛和關注的人來說，一定有很強烈的成就感吧。

牆上的時鐘發出輕微的報時聲，不知不覺已經晚上十一點了。

我剛睡醒的腦袋還有點昏沉，站起身到走廊的角落裝水喝。

我現在工作的辦公室位在醫院地下二樓，是個狹小的方形辦公空間。

其實製作電子報的單位並非在此地，但由於我是臨時被調任，即將報到的單位空間不足，於是院方隨意找個閒置的空間給我辦公。

說實話，醫院是個寸土寸金的事業單位，各科部基於未來的發展，常爲了擴充使用空間搶破頭，偏偏這裡沒什麼人愛來，原因就在於附近緊鄰著往生室。

雖然在醫院工作的人平時對生離死別的事看得多，但要眞的讓他們來選，也沒有人自願來此。

有些事看多了就習慣，有些則不行。

就算接觸再多再久，也沒有人會習慣死亡。

人性即是如此。

我手拿著水杯，轉開門把，踏出辦公室。前方是一條純白的長廊，超過晚上十點，對病人與家屬極少踏入的區域，院方會實施節電管制；因此長廊頂端的白色日光燈沒有全開，長廊一節亮一節暗，像極了恐怖片裡的場景。

飲水機恰好就在長廊的盡頭。

我走在一節節明暗交錯的長廊裡，右側是往生室的門口。

牆上綠色的金屬板刻著「往生室」三個字。字體的挑選盡量讓民眾感到舒適好辨別，於是我遠遠就可看到這三個令人避之唯恐不及的字，彷彿是門牌在對我招手。

我在母親和靜織分別離世後不久，曾短暫進入那裡的小房間，裡頭是一間放著神像的佛堂，再深入就是由一整片不鏽鋼冰櫃構成的牆面。

我甩甩頭，快步穿過往生室門口，正轉過彎，一個人影快速從長廊深處跑過去，一下子就消失了。

我看得很清楚，那人穿著反光背心，頭戴黑色帽子，顯眼的服飾，讓我一眼就認出是院內的值班警衛。

「他跑這麼快做什麼？」我在心裡納悶著。

夜晚的醫院不像白天吵雜，顯得寂靜無聲。

飲水機水流到杯底的聲音迴盪在長廊裡，特別引人注意。

原本我還煩惱今晚是否能如期完成文章，此刻心思卻飄到當初調任到地下室時，曾聽說的靈異傳聞。

十多年前，有位跳樓死亡的男子被救護車送來醫院，經過一輪急救後，醫師判定死亡，當天就被推進往生室的冰櫃保存。據那晚值班的人員表示，那天冰櫃內僅有男子一具遺體。

到了半夜，巡邏的警衛恰好來到地下室，正拿起簽到本時，卻發現有個穿著病人服的男人坐在冰櫃前方的地上，一臉無神地仰望著整排冰櫃牆。

巡邏的警衛雖然害怕，仍很盡責地向前查看，卻眼尖地發現那人腳邊，居然掛著遺體的辨識牌……

靈異詭譎的傳聞到這裡就結束了。

我一直把它視爲都市傳說，要不然我幾乎大半時間都在這裡工作，太認眞面對這類傳聞，恐怕上班時都會心神不寧的。

不過剛剛快步跑走的警衛，卻讓我十分在意。

「喀——」

一個輕微的金屬敲擊聲，從我身後傳來，在安靜的長廊裡，特別明顯。

我立刻回頭，身後一個人也沒有，判斷聲音發出的地方似乎離我有段距離，但方位可就讓我有些尷尬了。

是從往生室的方向發出的。

「不會這麼倒楣吧⋯⋯」

我拿回裝滿水的杯子，準備回到自己的辦公室。

「喀啦——」

同樣的方向，又傳來第二次一樣的聲響，而且這次更加明顯。

我差點把手上的水打翻，感覺到手臂起了無數雞皮疙瘩。

我停在往生室前兩公尺的距離，抓著頭髮有些苦惱。

猶豫了幾秒，嘆了口氣，硬著頭皮經過往生室前方的門。

本來是想快速通過回到自己的辦公室，但我就是控制不了自己的眼睛到處亂瞄，好奇地從門邊往內看。

當我意識到時，我已經站在內側的佛堂邊，不知道何時，我已經走進往生室裡。

四處張望了一下，什麼人都沒有啊，真是的……

我以為會看到什麼驚人的畫面，或是工作人員也好，但裡頭的燈亮著，卻一個人也沒有。

有些失望地正要轉回頭時，內部卻有一道金屬反射的光晃了晃。

就在這個時候……

靠近左下方的冰櫃，居然從內側緩緩打開。

我不曉得一般人看見這個情景，反應會是如何，只知道自己在極度驚嚇之下，居然一點聲音都沒有發出，整個人像定格般，怔怔地看著眼前的櫃子緩緩開啓。

原來人類看見超出自己理解的事情，是這種反應。

「景城——」

忽然間，有個男性的聲音從我背後發出。

這下我終於回神，一瞬間腎上腺素飆升，手中的杯子就朝聲音的方向砸去！

「靠！你幹嘛——」那人被我潑了一身濕，不斷叫嚷著。

這時我仔細一瞧，居然是凱文！

「你在這裡幹什麼！」我驚魂未定地叫著，又想起後方冰櫃詭異的畫面，急忙回頭看去，隨即忍不住罵出聲來。

「妳又在幹什麼？嚇死人了！」

我看見小繪左顧右盼，一臉小心翼翼地從冰櫃裡竄出，見到我後，低頭猛笑。

「抱歉啊，讓你嚇了一跳，不過你真的是很難找耶！」小繪一臉天真，笑呵呵地來到我身邊說。

我突然想起曾在居酒屋提過被調任到醫院地下室的事情，但對於沒來過這裡的人而言，複雜的動線就像迷宮一樣，難怪他們不知道辦公室在哪裡。

我瞥了一眼走廊，四處無人，趕緊拉著他們兩人衝進我的辦公室，並鎖上門鎖。

順了順呼吸後，直盯著他們猛瞧。

「怎麼回事？」我質問他們。

「行動不是很順利。」

凱文用力深呼吸，他被我潑得一身濕，有些發抖。

「咦？你是說今天去藥商倉庫的事？」

我突然想起，上回替委託人阿強規劃，要從藥商倉庫偷取大量的百憂解，但今天因爲加班的緣故，完全忘記他們有這場行動；而藥商倉庫距離我上班的醫院只有一條街的距離。

「是啊。」

「發生什麼事了？」

「就在小繪正準備進去時，藥廠的員工卻突然回來，還好我發現得早，沒把替換的學名藥全搬進藥廠倉庫裡，要不然帶著這麼多藥，恐怕就很難逃走了。」

凱文攤開雙手，無奈地搖搖頭說。

「那妳爲什麼躲到冰櫃裡？」

這是我最不解的部分，我轉向小繪的方向質問。

「哎呀，那些替換的藥品，總該找個地方安置吧，所以我立刻想到你上班的地方，這裡這麼多藥，藏在這裡一定很難讓人發現。」

「嗯，這樣想也沒錯。」

「是吧，我剛剛找了一間沒人用的空房間，我們把學名藥先搬了進去，等到下次要行動時，再過來把藥搬去藥廠倉庫替換，誰知道工作才告一段落，就被你們醫院的警衛聽見聲音，所以我們就躲到冰櫃裡，稍微裝神弄鬼一下，他就嚇得跑走了，如何？這些都沒在你的劇本裡。幸好我們反應快！」

小繪得意洋洋地述說，像是在炫耀什麼。

「那是你們運氣好，剛好遇上本院流傳一則傳說……」

「什麼傳說？」小繪滿臉好奇地問。

「算了，這改天再解釋吧，你們今天辛苦了，早點回去休息。」

我此刻的表情應該很無奈。

「啊，對了！今天還有一件事。」凱文拿著紙巾擦身體，眼睛突然一亮地說。

「什麼事？」

「我們今晚行動前，在藥廠倉庫附近，看見有人不停地在門口徘徊，好像正準備翻進倉庫，你一定猜不到是誰。」

「誰啊？」我一邊操作電腦，一邊回答。

「又是西裝大叔。」凱文堅定地說。

「不會吧……」

我抬頭面對螢幕，正好停留在王福莊用英文流利地與國外學者溝通交流的影片。

「他到底在想什麼……」

6.

炒麵和褐色的醬料在高溫的鐵板上接觸後，發出「吱吱！」的誘人聲響，我手拿兩個短柄的扁平鏟子不停翻攪，讓淡黃色的麵條均勻染上醬料的顏色，搭配新鮮的蔬菜和肉片，成品看起來還算可以接受。

今天是週六假日，某個團體在華山藝文特區舉辦園遊會，搭配近期正流行的日本動漫特展，吸引許多親子遊客前來。

小繪恰好認識園遊會的策劃團隊，知道她與浮木居酒屋熟識，便極力邀請我們前來擺攤，一來居酒屋的料理，民眾接受度高，二來更可以活絡整體活動的熱度，因此小繪興奮地說服吳廷岡參與這個活動。

本來吳廷岡還有些猶豫，但在小繪的極力勸說之下，終於勉爲其難地答應。但他的個性十分認眞，一旦要做就會全力達成，沒有什麼半吊子敷衍的事情。

這點倒是挺符合他的日式做事風格。

於是現在的我，頭上綁著白色吸汗頭巾，身穿深藍色日式料理服，不斷地在炙熱的鐵板上翻炒著。

自從吳廷岡接下任務後，就連我也被安排了工作。

每天下班，就得到浮木居酒屋廚房報到，吳廷岡列了幾個菜單，決定從銷路不錯的日式炒麵開始。

平時我鮮少下廚，尤其在醫院工作的日子，爲了趕時間衝來衝去的，就連吃飯時間也常被用來開會，疲憊一天後，下班只想找個方便的地方解決晚餐，讓身體趕快獲得休息。

但爲了這次擺攤活動，一連在居酒屋待了好幾個晚上，卯起來學習料理的技巧，用功的程度，連自己也大感意外。

「不錯，這邊稍微翻炒均勻一點，就可以上了。」

吳廷岡試吃一小口後，滿意地點點頭。

「太好了！」

得到日本料理師傅的讚許，我賣力地把眼前成堆的炒麵裝盤。

香氣撲鼻而來，我看著白色的蒸氣忽然有點感動。

就算從來沒做過，或是不擅長的事，只要肯用心投入還是會有回報的。

剛接待完一批從展覽空間出來的遊客，我拿起乾淨的布擦拭仍有餘熱的鐵板。心裡忽然煩惱起前幾日，小繪和凱文行動失敗的事情。

暗蕨雖然接過不少奇奇怪怪的委託案，也不是每回都能照著我所規劃的劇本走，但這次不過是把倉庫的藥品掉包，卻碰上了不少麻煩，這讓我感到有些意外。

昨日，我趁著下班時間前往藥商倉庫附近繞繞，意外發現原本普通的鐵門，居然被安裝了防盜系統，看樣子那晚的行動失誤，眞的讓公司方面提高了警覺。

雖然我認爲藥商公司應該還不曉得我們打算下手的目標是什麼，也許會對現金或其他更有價值的藥品特別留意保護，但看見計畫偏離原先的劇本，總覺得不太安心。

我看了一眼同樣在身旁忙碌的凱文。

他負責把準備好的料理裝到各種不同大小的容器裡，工作得很認眞。

眞不簡單啊。

這小子明明就有資優生的天分，卻肯彎下腰幹這類不起眼的工作，雖然不曉得他和父親的事情處理得如何，但總覺得他應該可以找出一條路。距離他說的一個月期限，還有兩個禮拜左右，不曉得他現在有什麼打算。

反倒是另一件事讓我掛心——他們提及行動當晚，發現王福芒出現在藥商倉庫附近。

他的詭異行爲在我心頭揮之不去。

記得當晚王福芒從「暗蕨之屋」離開時，他的外觀完全沒有改變，仍是一臉狐疑的神情，懷疑自己的人生是否眞的能從此一切順遂，但他並沒有向我或吳廷岡提出質疑，認爲我們根本是個詐騙集團，只打算騙取他所有的財產。

王福芒依然很有禮貌地向站在浮木居酒屋門口的我們點點頭，道謝後便離去了。

就連聯絡方式也沒有留下，想必從那刻起，他覺得自己的人生已有了某種程度的改變。

他的臉告訴我，他相信這一切一定會有轉機，能幫他掙脫過往種種的不愉快，因而把畢生的積蓄全部押在偶然得到的機會裡。

只是……他明明已經靠著出色的訪談和有趣的企劃，在網路上打開知名度，我甚至發現他有接置入性的代言產品，據我了解，這些額外收入應該不錯，爲何還要重操舊業，再度闖空門呢？

不管自己如何推敲，有些人的行爲，就是讓旁人怎麼猜都猜不透啊。

聽小繪說，前幾天王福芢在晚餐時段有到浮木居酒屋用餐，那天輪到吳廷岡對小繪上課，小繪正學習數種飲料的名稱與調製方法，就是在爲這週末的擺攤工作預作準備。

王福芢仍是西裝筆挺、上班族模樣的打扮，但神情看起來不太一樣，顯得有自信許多。

小繪一時興起，想到王福芢有一個正在讀國中的兒子，也許有在看漫畫，因此跟對方提起這週末有動漫展覽的訊息，並順手給了對方幾張展覽公關票券。

「太好了，我一定會帶他去，順道去捧你們的場！」王福芢當下開心地回應。

一直在旁邊默默觀察的吳廷岡後來轉述，他明顯感覺到王福芢的改變，整個人顯得有精神多了。

我聽見這個好消息，打從心底替他開心，在接受暗蕨的協助後，他終於獲得自己期待的嶄新人生。

「景城，可以麻煩你去拿一下雞肉嗎？這輪做完就不夠了。」

吳廷岡賣力地站在燒著通紅炭火的爐前，仔細翻烤串燒。那是浮木居酒屋招牌料理之一，許多路過的民眾雖然沒吃過，但聞到烤得吱吱作響的串燒，很少不停下來多問兩句。

原本預計可以支撐到傍晚的食材，居然中午左右就已經消耗得差不多，生意出乎意料之外的好。

「好啊。」我爽快回答。

摘下頭巾，擦了擦汗水，望著眼前拿到料理的群眾，臉上泛起開心的笑容。擺攤的工作雖然累人，跟醫院的工作更是截然不同，但獲得的成就感可也不小，我暗自在心裡這麼想著。

吳廷岡冰存食材的地方必須走一小段路，是跟附近熟識的商家臨時借來的冰箱，走過去也不過五分鐘的時間，但需要穿過眾多的攤販與遊客。

於是我刻意避開人群，從園區外圍行走，雖然距離稍遠一些，時間卻可以節省不少。

回程的時候，我推著小型的平板推車，上頭的紙箱透出低溫冷藏後的白煙，我小心避開地面的坑洞慢慢推著。

恰好經過另一頭的攤販區。

這邊的遊客比較少一些，不是每個攤位都能像居酒屋那樣生意興隆，此外依據販售的商品不同，也有冷門和熱門的差異存在，相較之下，這頭的攤販顯得冷冷清清。

對於擺攤做生意的人來說，做生意的地點幾乎決定了這次活動的收益，遊客必經之處，人潮一定多，因此租金相對也較高，可是並不是所有商家都能負擔較高的租金，對於某些利潤較微薄的攤販來說，僅能選擇較便宜的位置來擺攤。

不過這樣一來，原本已經利潤不多的商品，再加上銷售數量也少，造成收入不足的現象也很常見。

資源的多寡，似乎就決定了一場競賽的成敗。

有時候會覺得，經過仔細算計的現實，太過殘酷。

我推著載著沉重紙箱的推車彎過一處小花圃，前方人潮開始變多，一群剛看完展覽的民眾，正一批批地從出口離開，於是我停步稍微等待，注意到有個販賣手工玩偶的攤位。

顧店的是一位超過七十歲的老太太，她的產品因爲沒有特別設計商標，也沒有花稍的擺設與布置，僅僅是簡單地將手工縫製的玩偶整齊擺放在桌上。

在這個以年輕人爲主的文創園區，每個攤位無不用盡各種花稍的陳設來吸引群眾的注意力，因此老太太樸實單調的攤位，難以讓人多看一眼，多數消費者都是走馬看花地晃過。

但是老太太仍以充滿期待的眼神，跟每位經過的民眾打招呼，很不幸地，沒有多少人想停下來，她的臉上不禁露出疲憊失落的神情。

我看得有些於心不忍。

這時，有一位帶著小孩的男人經過，他快速通過後，卻又意外地折返回來，拿起一隻看起來很樸素的小熊玩偶端詳著。

這男人穿著輕便的綠色POLO衫、深色牛仔褲和白色球鞋，十分輕鬆的打扮，但從他的身形來看，我卻覺得有些眼熟。

「該不會是他吧……」

我默默把推車挪動一下位置，靠了過去。

「小光，爸爸買這個給你好不好？」那男人對著身旁的小孩說。

那孩子留著短短的頭髮，身高不算高，體型有點微胖，他有點怯生生地接過小熊玩偶端詳起來。

我見到那孩子的長相，立刻認出眼前的人，正是王福芒父子倆。

「爲什麼呢？」小光抬頭問。

「因爲這個布偶，很像爸爸小時候跟爺爺、奶奶做生意時賣的布偶，你看，就連花色都很接近。」

「這樣啊……」

小光兩手抓著小熊布偶的兩隻手，動了動，想了一下抬頭說。

「好啊，婆婆做得很辛苦，我們把它帶回家好了。」

他看了看老太太說。

王福芒詢問了一下價格後，遞給她一張千元鈔票，並搖搖手示意她不用找錢。

老太太原本還不肯，但在王福芒的堅持下，只好感激地點頭道謝。

前方壅塞的人潮已經散去，但我仍凝視著王福芒和他兒子小光的臉。

心裡想著，像他這樣溫柔又具有同理心的人，爲何偏偏面臨從小被霸凌的命運？

就連身旁的兒子看起來也很懂事乖巧，竟然同樣遭到霸凌，爲什麼父子倆都遇到這種事呢？

他們待人處事的態度都符合社會規範，爲什麼卻活得比其他人更辛苦呢？

其實，我原本還在思考，這世上被霸凌的人何其多，爲何王福芒願意不惜任何代價，付出一切，只爲了改變原本的人生劇本。

但我看到他兒子後，我大概可以猜到答案。

如果他為了下一代，不惜做出違法的事，但兒子依舊碰上與他相同的霸凌命運，而將這一切怪罪於自身的命運，也是合情合理的事吧。

這時，隔壁攤位賣特殊口味霜淇淋的年輕男店員見生意上門了，更加賣力地招呼，小光被吸引，好奇地靠過去。

「弟弟，這個給你試吃！」

年輕男店員遞給小光一個裝有巧克力口味霜淇淋的小杯子。

小光手上已經拿著布偶，但又怕對方等太久，便趕緊伸出另一隻手，卻不小心滑了一下，小杯子從半空中落下。

杯子裡的深色霜淇淋沾上了男店員的淺色長褲。

「啊！」男店員大叫一聲地跳了起來。

「對……不起……」

小光也嚇了一大跳，立刻彎腰替男店員擦拭，弄得他自己整隻手都沾滿了冰淇淋，而剛剛他拿在手裡的小熊布偶，也沾上一塊一塊的汙漬。

「啊啊啊，你別再碰了，越擦越髒！」

男店員氣急敗壞地叫著。

「我……我……」

小光聽見他說的話，沉默了幾秒，整個人像被電到一樣，愣在原地，委屈地不知道該說什麼。

任何人都可看得出來，小光的反應不太對勁。

小熊布偶在他手中抖得很厲害。

糟糕了。

我聽見男店員情急之下的叫罵聲，腦袋瞬間想起小光在學校被同學霸凌時，就是被無端造謠，說他有傳染病，因此只要是被他碰過的東西，大家都不敢碰，這種無聊的遊戲很普遍，就連我自己小時候也曾見過。這種事帶給受害者極大的傷痛。

我還來不及出聲，就看到身旁本來在和老太太閒聊的王福花，憤怒地衝了出去。

「混蛋！你說什麼東西——」

我不敢相信眼前的景象。

王福花像是變了一個人，方才溫和的模樣瞬間消失，他整個人撲向男店員，兩個人猛烈撞向霜淇淋機台！

碰碰碰！

王福芒用力過猛，機台被撞翻在地，發出巨大的聲響。

王福芒和男店員重重摔倒在地上，兩人臉上都露出痛苦的表情。在一旁看熱鬧的群眾紛紛驚呼，趕緊散開。

歡樂的氣氛，頓時變了調，許多家長急忙帶著孩子走避。

我停下裝著雞肉的小推車，立刻衝進引起這團混亂的核心。

「喂，你沒事吧？」

我搖搖王福芒的肩，想把他從男店員身上扶起。

「他媽的，就是有你們這種雜碎——」

王福芒坐起身子，但他的理智尚未回復，舉起手臂又要朝男店員打去。

我趕緊往前抱住他，結果一拳扎扎實實打在我背上，痛得我差點叫出聲。

可是我不敢鬆手，就怕他又對倒在地上的男店員施暴。

「哇靠，景城，叫你拿個食材拖拖拉拉的，結果是在跟人幹架啊！」

說話的人是吳廷岡，穿著日式料理服，一臉詫異地從後方跨出。

他以爲我出了什麼差錯，於是親自前來查看，沒想到剛好碰上這場騷亂。

高大的吳廷岡一把抓起王福芒，從我身上分開，接著又瞥了男店員一眼，搖了搖頭。

「嘖，暈過去了。」他嘆口氣說。

「我兒子究竟是哪一點不好，爲什麼你們都要這樣對他！他到底做錯什麼——」

王福芢不斷地大聲咆哮著，一張臉不但脹得通紅，額頭也爆出青筋。

「好了，好了，你冷靜點。」我出聲安撫。

本來想對他說店員不是有心的，而且你的人生不是正開始改變，朝自己期盼的目標前進了嗎？這些話還沒出口，看見王福芢怒氣消退後的頹喪樣子，又聽見他口中的呢喃，正要說出口的安慰話語硬生生哽在喉嚨，怎麼也開不了口。

「什麼……都沒有改變……」他癱坐在地上，愣愣地說。

「什麼？」我以爲自己聽錯了。

王福芢原本一直盯著倒在地上的男店員，忽然轉向我，雙眼緊盯著我不放。

「我明明已經模仿了許智村的人生，付出了一切，雖然機會變多，生活似乎也變好了，可是……到頭來，其實根本沒有什麼改變。」

「發生什麼事了？」我問。

他的表情變得苦澀，眼睛注視著身旁不斷顫抖、眼神驚懼呆滯的兒子。

「變得更嚴重了。」王福芢神情痛苦地說。

就在這時……

我聽見後方出現手機拍照的咔嚓聲，順著聲音看去，一群人正拿著手機朝我們的方向拍攝，並且不時交頭接耳，像是發現了什麼不得了的事情。

「欸，真的是他耶！」

「對啊，是那個最近很紅的老師，我有看過他的影片。」

「他怎麼弄成這樣……」「唉喲，有名的人都很奇怪，搞不好他真的有嗑藥，你沒看他的影片介紹的嗎？」

「我也這麼覺得，難怪他對黑社會的內幕如此熟悉。」

一群高中生模樣的青少年，看著手機議論紛紛，並且不時瞥向我們的方向低頭竊笑。

而我就站在王福芢身旁，那尖銳無情的視線，彷彿也投射到我身上。

我第一次嘗到在人群中間，赤裸裸地被指指點點的感受。

儘管我很清楚他們不是在說我，但我終於能夠體會王福芢從小到大過的是什麼樣的人生。

7.

那一天的混亂，在吳廷岡以及臨時趕到的小繪協助下，草莓與賣霜淇淋的男店員達成和解，但還是驚動了活動的主辦單位，幸好小繪的手腕夠靈活，在她和男店員與主辦單位間不停地居中協調下，這場騷動總算平息了。

隔天是週日，也是活動的最後一天，我們一行人同樣起個大早，在攤位裡忙進忙出。

經過前一日的實戰演練，大家對廚房的工作也越來越上手，人潮雖然不減，但熟練度卻提升不少，我負責的日式炒麵品質頗受好評，吳廷岡只是轉頭望了一眼鐵盤上的料理，便點了點頭。

小繪甚至開玩笑，打趣說如果我不想待在醫院了，乾脆也自己開一間居酒屋，這樣她一定每天光臨。

「哪有這麼簡單的事。」我苦笑回答。

今天忙碌了一整天，手部肌肉來回翻炒的動作一直沒停，整條手又痠又麻。

此外，每動一下，我的背部也因爲拉扯而隱隱作痛，那是昨日被王福芒在失控狀態下揮拳打到的位置。

痛楚就像怕被我遺忘般，不斷提醒著我它的存在。

而我最在意的，卻是王福芒一句十分詭異的話。

「變得更嚴重了……」

他的眼神扭曲又痛苦，僅僅是一瞬間而已，卻像一塊黑色的汙點，我一旦沾上了就很難清洗乾淨。

活動結束，我們一行人回到浮木居酒屋，已經是晚上九點的事了。

店內散落著從廚房搬出的各式各樣用具，錯落堆疊在餐桌上，還來不及歸位，我們四人已經先圍繞吧台邊，大口暢快喝下店裡的生啤酒，週末兩天累積下來的疲勞感，瞬間一掃而空。

「這兩天店裡沒營業，但收入卻整整多了一倍，你們眞不是蓋的。」吳廷岡坐在餐桌邊，剛清點完這兩日擺攤的營業額，忍不住稱讚道。

「是呀！也不想想是誰一開始還拒絕我，哈哈哈，下次還有活動，我們再一起參加！」小繪一臉驕傲，笑嘻嘻的模樣。

「我也覺得很有趣，雖然很累，可是認眞起來，比一些委託案還好玩。」凱文一邊喝著酒，也忍不住連連點頭。

「咦？景城，你不休息一下嗎？」小繪指著平放在我桌前、用來寫「劇本」的筆記本，疑惑地問。

「難得忙完，別那麼認真啊！好像我們很偷懶一樣。」

「啊……抱歉抱歉。」我嘴上雖這樣說，但眼睛卻離不開筆記本，不停地看著先前爲了闖進藥廠倉庫策劃的行動。

「規劃有什麼問題嗎？」凱文靠到我身旁，好奇地問。

「規劃本身是沒什麼問題，但就是覺得不太放心。」我回答。

「別想太多，雖然上次不順利，但這也沒什麼啊，倉庫外面那個警報器雖然型號很新，普通竊賊可能難以破解，但對小繪來說，簡直是小菜一碟。」

「我知道啊，可是還是覺得那邊怪怪的。」

「唉喲，景城你放輕鬆一點，要不然我現在和凱文立刻去處理，週日又沒人上班，現在又是深夜，守衛最薄弱了，你給我一小時，我和凱文馬上就搞定，如何？」

小繪剛忙完一天的工作，放鬆之下喝得有點多，臉頰泛起紅暈，興奮地捲起袖子，拉著凱文就要往外衝。

「喂，你們兩個給我坐好！」吳廷岡忍不住低聲唸道，他們兩人不敢吭聲，眼珠子轉了轉，又乖乖坐回椅子上。

「週日的夜晚？」

「嗯，我調查過了，很多公司週日不上班，當然也沒有加班的人，所以週日晚上的看守總是特別鬆懈，人力根本不足，我以爲很多人都知道啊，沒關係，我們等下禮拜也行。」小繪吐了吐舌頭說完。

我原本低頭不停思考著，忽然聽到小繪的話，沉默好一會兒，猛然抬起頭。

「難不成……眞的是這樣？」

我從口袋裡掏出手機，搜尋王福芒任職的學校名稱。

我點進學校官網，找到許智村校長的個人頁面。

一位英挺高大的中年男人，端坐在辦公桌前的照片立刻出現在螢幕上。

「果然……」我看了一下便站起身來，並急忙把筆記本合上。

「我先出去一下！你們不用等我了。」

我話還沒說完，立刻打開居酒屋的拉門，一股冷風吹進室內，讓我打個了冷顫，此時也顧不得外套還遺留在店裡，立刻拔腿跑了出去。

藥商的倉庫鄰近首都醫院旁的街區，白天那裡是商業區，百貨公司林立，逛街的行人眾多，除非有必要，不然平時我極少在這個時間點來到這附近，因為一到夜晚，此地就變得複雜許多。

我快步穿過窄小的巷弄，霓虹燈閃爍著神祕妖豔的光芒。幾位穿著窄版西裝的年輕小伙子，站在霓虹燈下打量著我，似乎一臉便看穿我不屬於他們今晚的客群，連轉頭都懶，抽著菸默默盯著我離開。

現在氣溫很低，我卻感覺不到冷，耳邊只有腳步聲與心臟規律的跳動聲。

雖然昨天王福芒的話說得不清不楚，但看見他兒子小光那種非常不自然的反應，對照近期一直在醫院加班，閱讀大量有關精神醫學的資料，王福芒那句「變得更嚴重了」的話，讓我心生疑惑。

很有可能是小光長期被同學排擠霸凌，因為突然出現的外界刺激而引起的急性壓力反應。

以我在醫院觀察的許多精神科個案，再對照小光的行為表現，他很有可能罹患了憂鬱症。

雖然我不是醫師，無法判斷這樣的猜測是否準確，但我口袋裡的螢幕畫面告訴我，王福芒當天為了改變人生劇本，選擇了一位幼時曾霸凌他的成功人士來模仿，這個規劃打從一開始就選錯對象了。

許智村是他任職學校的新任校長，同時也是幼時霸凌他的起點。

更重要的是……

許智村就是前來暗蕨，委託我們竊取百憂解的阿強！

在某種巧合之下，他們兩位居然同時找上了暗蕨協助，但卻一直沒有在浮木居酒屋碰過面。

由於王福芒改變自己的人生劇本，是以許智村爲參照對象，也就是阿強美好成功的人生。但王福芒不知道的是，在光鮮亮麗、人人稱羨的成功背後，許智村卻被他妻子嚴重的憂鬱症深深困擾著。

想必在參照許智村的人生劇本後，王福芒此刻，也爲他身邊最愛的人的精神問題耗費許多心神。

參照他人的美好人生，對方生命中的一切好與壞，都有機會一併承接。

現在，他的兒子小光，正逐漸朝阿強的人生壞的一面靠攏，也就是兒子的情況將和許智村的妻子病情越來越像。

而這一切王福芒根本不會知道原因，只會朝小光因爲被霸凌而導致憂鬱症的方向思考。

難怪王福芒對任何歧視或霸凌的言論，反應會如此激烈。

除此之外，或許王福芒是在學校探聽到百憂解仍有部分庫存的消息，所以當日凱文和小繪行動時，才會看到他在藥商倉庫附近來回徘徊。

從他過去的行為來分析，闖空門對習慣偷竊的他來說，是一件極為普通的事。

據凱文他們後來的回報得知，藥商倉庫的警報器是目前市面上最新型的，若不是精於此道的專家，非常容易觸動警報。

我一邊快步跑著，一邊期盼王福芒不要因為一時衝動，而刻意選擇在今晚行動。

前方這棟三層樓高的水泥建築，就是藥商存放藥品的所在地。

我靠在對街大樓的騎樓轉角暗處，往倉庫的方向望去。

鐵門邊果然安裝了保全系統，一個方形的金屬盒在黑暗中微微閃爍電子儀器的光芒，閃爍的速度很快，有些不尋常。

四周仍然十分安靜。

另外，外牆邊緣的監視器也多了幾組，看來上次小繪他們的行動被發現後，對方提高了警覺。

我隱身在監視器拍攝不到的區域，默默觀察。

「這麼嚴密的保全，王福芢就算心急，也不會傻到硬闖吧。」

我站在原地約莫十分鐘，身體逐漸冷卻，忽然感到一股寒意。

倉庫窗戶仍然靜悄悄的，內部逃生出口的綠光透出，室內完全沒有人活動的跡象，看來我可能多慮了，今夜十分平靜。

其實我自己也搞不清楚，為何要這麼認眞地對待王福芢。

對於我或者暗蕨其他成員來說，他就只是前來尋求改變人生的那些人中的一個而已。

但想起王福芢和我同被人群指指點點的感覺，讓我有一種與他被綁在一塊，受眾人欺侮的不舒服感。

在加入暗蕨的時候，導演曾跟我說過，如果明知事情會逐漸惡化，我卻放任讓事情發生，這與共犯無異。

的確，這世上類似的事情太多了，而霸凌是其中最常發生的事。

不管是學生時期的被排擠，或出社會後在職場上被孤立，在我們這個社會，霸凌從來不曾少過。

或者換句話說，即使表面上看起來是減少了，會不會也只是變成另一種我們不甚熟悉的模樣？人類的惡，不停地以我們習慣的樣子重複出現。

對那些苦苦掙扎、奮力突破現狀的人來說，只能依靠自己的雙手改變人生。

沒有人好端端的，會想放棄自己的人生，除非真的走投無路了……

我在騎樓下停留了一陣子，鬆口氣，準備往回程的路走去。

就在此刻，我見到一個黑影從倉庫後方走出。

黑影移動的速度不快，我仔細一瞧，是一個保全打扮的男人。

他不像在執勤，人站在後巷轉角，東張西望的，神情有點詭異。

「保全？他躲在這裡做什麼？」

忽然，我隱約聽見遠處傳來奇怪的聲音。

是從倉庫最後方的暗巷傳出來的，我心裡有些好奇，於是轉移到另一處的騎樓，這裡的位置看得更清楚。沒想到這一看，卻讓我看傻了眼。

一位穿著黑襯衫的高瘦男子，對著地下一團物體又踹又踢，兇狠的模樣，一看就知道是附近黑社會的不良份子。

「你身上就這點錢啊？不是很紅嘛，這點東西還不夠我們兄弟分呢。」

那個黑衣男又踹了地下那團物體一腳，我聽見痛苦的悶哼。

「喂，夠了，教訓一下就好，再打下去會出事啊。」

保全裝扮的男人，膽小地四處張望，忍不住說道。

「哼，難得發現有趣的人，再說他也不敢報警，玩一下又不會死。」黑衣男不斷地口吐惡言。

我站在暗處觀察一會兒，這時黑夜的雲緩緩散去，朦朧的月光穿透雲層縫隙，暗巷的人群藉由月光被我看得一清二楚。

蜷縮在地的是一個穿著運動外套的中年男子，他抱著身體默默地承受踢打，表情痛苦扭曲。他的錢包已經被奪走，零錢散落一地，人倒在地上卻仍死死抱著背包，不肯被黑衣男搶走。

「王福芒——你們幹什麼！」

我此刻終於看清躺在地上的人，腦袋頓時一熱。

想也不想地一邊大喊，一邊奔跑過去。

黑衣男和保全被我的叫吼聲嚇了一跳，往我的方向看來，我以爲他們會就此收手，但發現我是隻身一人後，黑衣男嘴角一揚，露出不屑的笑容。

「嘿，你還有同伴啊，說不定他身上有値錢的東西。」

黑衣男又給了王福芒一腳，同時上下打量著我，朝我走來。

我見狀感到有些意外，腳步不自覺地緩了下來，但這時已無法退縮了，只好硬著頭皮上了。

「景城，打架這種事，我來處理就好。」

這時，耳邊傳來一個年輕男生的聲音，語音尚未落下，我就看到一個速度極快的影子從騎樓另一端撲來。

是凱文。

他身後還跟著小繪，她指了指倉庫外的攝影機，露出調皮的笑容。原來鏡頭全都被她調整過了，此時我們所處的位置，攝影機完全拍攝不到……

在凱文即時趕到下，我信心大增，兩人追上去就是一頓暴打，那兩人是當地的地痞流氓，見苗頭不對，扔下幾句咒罵，就一溜煙逃跑了。

「我還覺得奇怪，什麼時候多了保全，結果是冒牌貨，看來是兩人一組，專門搶劫夜歸的人。」

凱文兇狠地直盯著他們消失在巷口後才轉回頭。

「王福芒！你沒事吧？」

我來到他身旁，將他從潮濕的地上翻起身來。

王福芒一臉恍惚，嘴裡喃喃唸著，聽不清楚在說些什麼。

「喂，喂，你醒醒！」

我搖了搖他，他身上有許多擦傷，額頭也腫了一個大包，幸好骨頭沒斷，沒有生命危險，但乍看之下，傷勢還是挺嚇人的。

他緊閉的雙眼緩緩睜開。

「對不起……」王福芒眼睛半睜，嘴裡喃喃唸著，終於聽懂他其中一句話。

我和凱文以爲他是在向我們致歉。

正想要問他到底發生什麼事，卻聽到他繼續說：「小光……對不起……爸爸快回家了……」

我和凱文互看一眼，表情頓時都有些凝重。

這時，王福芒終於支撐不住，緊抱的手臂一鬆，胸前背包滑到地上，拉鍊處露出眼熟的白色紙盒一角——是百憂解的包裝，整個背包裝得鼓鼓的。

8.

「眞要命，怎麼打成這樣。」

吳廷岡眉頭緊蹙，看著額頭腫了一個大包的王福芢，立刻轉進廚房後方，從急救箱拿出紗布替他包紮。

王福芢不發一語，坐在居酒屋的位子上，神情沮喪。

剛才那場混戰之後，我和凱文兩人合力把他帶回店裡。

原本我還在評估是否要叫救護車，但隨即意識到，從他身上那麼多百憂解來看，很明顯地，他在我抵達之前，就已經趁著今天晚上守衛不足的時刻下手行竊。

我猜想，他可能早已觸動了保全系統而不自知。

一旦停留在現場等救護車，恐怕就會直接落入警方手裡。

果然幾分鐘後，閃著警示燈的警車從我們身邊飛快開過，印證了我的猜測。

沉默良久的王福芢，頭低了下來，用力握著拳頭，身體微微顫抖。

「可惡……爲什麼會這樣？」

王福茳抬起頭直看著我，眼神充滿不解。

我以爲他會大罵「暗蕨之屋」是騙人的玩意，要求我把費用退還給他，怎知接下來他卻說出讓我大感意外的話。

「是我自己的問題對吧？看來就算我作弊更改了人生，但命運仍不打算放過我。」

我看著王福茳，堅毅的臉龐露出疲憊的神情。

「到頭來，不管我如何努力，似乎什麼都改變不了。」

他替自己目前爲止的人生，下了一個武斷的結論。

這段日子從旁觀察，王福茳是位溫和又堅強的人，但他卻遲遲無法走出當年學生時期，不斷被排擠霸凌的陰影。

對於他來說，自我否定已成了替現實不順遂辯解的最好理由，

就算用盡各種方式鼓舞自己，提升自我的勇氣，一旦碰上意料之外的事情，他還是習慣性地自我否定。

「我以爲只要夠努力，就能避免讓小光走上跟我一樣的路，但沒想到根本不可能，反而害他也跟我一樣被排擠，這根本是我這個當父親的錯……」

他停頓了一下，痛苦地繼續說：「也許不該生下小光，那麼他就不用延續我

這種被詛咒的命運。」

「不是這樣的！」我大聲地反駁，連自己也感到意外。

吳廷岡和凱文同時轉向我的方向，默默看著我。

「王福芒，不管是你自己過去被霸凌，或是小光現在被排擠，這些都跟努力不努力無關！」我認真地說。

王福芒目不轉睛地看著我，不知道該說些什麼。

「我不知道你過去到底經歷了哪些事，但就霸凌這件事來說，根本就與個人是否優秀或努力毫無關係。」

「可是……就是我太弱，才會被人瞧不起。」

王福芒的表情，一看就知道是在說當年他第一次被嘲笑排擠，找父母訴苦，卻被指責是他不夠強大的往事。

「你自己也是教師，應該很清楚，霸凌的原因，根本不是如此。」

「嗯……」

他沉默了下來，似乎刺到了他內心某塊不願被觸碰的領域。

「無論是被霸凌或是被排擠，從來不需要任何理由。你自己應該知道，會主動排擠別人的傢伙，大多是班上活躍的人物，他們喜歡藉由大聲排擠他人拉攏同件，以鞏固自己在班上的地位，但其實根本不在乎他所嘲笑的對象，不管你如何改變，也不過是掉入他們設下的陷阱而已。」

我的話一字一句刺在王福芒的心上，我感覺他的表情有些扭曲。

「所以……我和小光就只是倒楣而已！這麼說來，難道我小時候一直被欺負，就只是因爲我活該嗎？」

王福芒露出令人不寒而慄的憤恨眼神，內心充滿了不解和怨恨。

「是又怎麼樣。」一直在旁安靜的凱文，突然冒出這麼一句話。

「你……你說什麼？」

「我說大叔你啊，不要這麼脆弱行不行，我可是從小在國外那種險惡的環境中苦苦掙扎過來的，如果眞的要說，應該比你當年所處的環境還要殘酷許多吧。」

凱文抬起頭說話，雖然他的年紀僅有王福芒的一半，但氣勢可不輸他。

他沒料到凱文會突然插嘴，神情看來有點窘迫。

「你又懂什麼了……」

「當然啊，我又不是你，當然不懂你經歷過的事，但對一個從小沒父母在身旁照顧的人來說，我受的欺侮恐怕不會比你少，應該有資格分享個兩句吧。」

凱文忽然吐露自己是私生子的事。

我瞥了吳廷岡一眼，他只是神祕莫測地牽動了一下嘴角。

在凱文的述說之下，果眞如我和吳廷岡的猜測，他父親因爲愧疚感，因此拚了命地想要將凱文教育成才，但方法卻不適合生活在西方社會的凱文，因此同儕對凱文的霸凌從沒少過，更何況還有一道難以跨越的種族歧視鴻溝，讓他承受了莫大的壓力與痛苦。

我們過去總認爲，在國外生活一切都是美好的，但這只是出於想像，不管是在何處，欺凌異類和弱小的行爲向來不曾少過。

爲了不讓人看不起，凱文努力學習，並且持續鍛鍊身體，背後的理由不是因爲有趣或維護健康，而是爲了自衛。

「看來你也不容易……」

王福芒本來就不是一個好鬥之人，聽了凱文的故事之後，原本緊繃的臉部線條頓時和緩許多。

「或許……眞的如你所說的，我眞是個懦弱的人吧。」王福芒難掩心中的失落。

「會嗎？我倒不這麼認爲。」我笑了一下說。

他一臉困惑的表情，以爲我在安慰他。

「畢竟沒有多少做父親的，能替孩子幹那麼多非法的事。」

我從椅子下拿出王福芒今晚「滿載而歸」的背包，放到桌上推向他。

他看著自己的背包，突然有些尷尬。

這是他竊盜以來第一次被人當面拆穿，一下子不知道該如何回應。

「放輕鬆點，我們沒有報警，不然你也不會還在這裡。」

吳廷岡走近餐桌，替大家倒了點茶水。

「是嗎？那就謝了。」

他小心翼翼地把包包拿回手中，一副很珍惜的模樣，讓我看了有些於心不忍。

「小光的情況怎麼樣了？」我關心地問。

「你怎麼知道……」他露出訝異的樣子。

「在園遊會的時候，我就覺得小光有些不對勁，更何況現在又看到你背包裡的藥盒。」

「嗯……好吧。」他停頓了一下，繼續說：「狀況很不好，以前他還會去學校，現在只要有一點刺激，他都覺得是別人嫌棄他髒，整個人變得畏縮又敏感，我曾帶他就診，果然是罹患了憂鬱症……都怪我沒把他照顧好。」

「真是辛苦你了。」

「這本來就是我該做的。」

「其實，小光會變成這樣，也不全是霸凌所造成的。」

「什麼意思？」

他的視線從背包移到我身上，臉上露出困惑的表情。

我停頓了一下，沒有直接回答，反倒拿起手機看著螢幕，有一則未讀訊息，是小繪幾分鐘前傳來的。

「搞定。」小繪只簡短傳來兩個字。

「抱歉，我分心了。」

我把注意力轉回王福芢身上。

「你剛剛說小光會得憂鬱症，難道還有什麼其他原因嗎？」他身體向前傾，急切地詢問。

「你先別急，我先問你一個問題，你怎麼知道倉庫裡面還有百憂解？」

我凝視著他的眼睛，不容許他逃避。

「我……」

他眼神閃爍，避開我的視線，有些遲疑。

「如果不方便說，也沒關係。」

「不……好吧。」王福芢抿著嘴，面露難色地說：「我前一陣子，闖進許智村家裡，因爲我想近距離地看看，我參考的成功人生，實際生活是怎麼樣……」

「有什麼發現嗎？」

「沒有，跟一般人差不多，很普通的家庭，不過被我發現一件他的祕密……」

「什麼祕密？」我好奇地問。

「我看到他蒐集了很多藥商的營業資料，這些都是內部的資訊，不曉得他是用什麼方法拿到的，另外我還發現他正準備偷竊大量的國外藥品，我這才明白他根本不是像他在學校說的那樣高尚，他果然跟以前一樣，背地裡還在做些見不得人的勾當，謀取私利，根本沒比我好到哪去！」王福芢忿忿不平地說。

「這樣說也沒錯，許多人的外在和私底下，做的根本就是兩回事。」我輕輕點著頭，附和他說的話。

「是吧，我完全沒辦法理解，爲什麼像他這樣表裡不一的人，居然可以這麼成功，而我現在終於明白了，我以前眞的太循規蹈矩，難怪會被他們看不起。」

「但我想……這次你可能搞錯了。」

「搞錯了？」

「許智村校長在你們還小的時候，是叫阿強，對吧？」我淡淡地問。

「阿強……對，好像是這樣叫他沒錯，但這是多年以前的事，你怎麼會知道？」王福芒一臉茫然地張著嘴問。

「因爲阿強，也就是你說的許智村，他也請我們幫忙做一件事。」

我伸手指了指鼓起的背包。

接著把阿強委託我們，爲了治療他妻子的重度憂鬱症，鋌而走險，拜託我們幾位協助竊取百憂解的事情，告訴王福芒。

王福芒臉色一陣青一陣白，絲毫不曉得事實居然會朝這個方向發展。

「就如同我當初解釋的，你選擇改變人生劇本，人生將越來越趨向你參照的對象，所以你最近獲得了名利，漸漸像許智村一樣受到眾人關注，但另一方面，他因爲家人深受憂鬱症所苦，這點你也一併承接了。」

我一邊總結爲何小光近期症狀突然加重的因素，一邊觀察王福芒的反應，他鐵青著臉，一副失魂落魄的模樣，似乎還無法消化這些訊息。

「怎麼會這樣！」王福芒伸出雙手，一把揪著我的衣領，大聲嚷著。「爲什麼會這樣！你爲什麼沒有告訴我？」

凱文見狀立刻站起，我擺了擺手，要他先別阻止。

他注視著情緒激動的王福芢，不敢大意。

「很抱歉，我也是不久前才發現他們是同一人，畢竟委託的是犯法的事，用假名跟我們接觸也很常見。」

我平靜地說。

「所以……說回來，是我自己害了小光，這點錯不了。」

王福芢手一鬆，痛苦地坐回椅子上，整個人瞬間像洩了氣的皮球般。

「我居然為了自己想改變命運，反而讓小光得病……我到底在幹嘛啊……」

王福芢眼眶泛紅，臉部肌肉抽動，他沒想到自己付出這輩子所有的積蓄，雖然換得他渴望許久的關注，成為他一直想成為的人，但也讓身邊最愛的人付出慘痛的代價。

在場所有人都陷入了凝重的沉默之中。

就在這個時候，居酒屋的拉門「刷」地一聲被拉開。

十二月強烈的冷風瞬間灌進店裡，溫度陡然下降，一掃室內凝結的氛圍。

「終於趕上了。」

小繪氣喘吁吁地扶著拉門大口吸氣，看來剛才跑得很急。

在她身後，站著一位穿著黑西裝大衣、身材高壯的中年男人。

他戴著黑框眼鏡，有些花白的頭髮微微翹起，一副臨時被人抓來外面的模樣，但整體來說，外形跟照片裡的樣子一樣幹練。

我僅見過他一次，竊取藥商倉庫百憂解的提議，就是因他而起。

「王老師……不，我還是叫你阿芒吧。」許智村走進店裡，面對王福芒喘著氣說。

站在門邊的，是王福芒任職學校的校長許智村，也是他多年前的同班同學「阿強」。

王福芒愣愣地望著他，整個人呆坐在位子上，不知所措，就連話也不知道從何說起，幾秒後才慢慢回過神。

「校長，你怎麼來了？」

「在這裡你就不用這樣稱呼我了，叫我阿強就好，跟小時候一樣。」

「……」

王福芒沒有回話，只是直直瞪著他看。

「剛才小繪跟我解釋了情況，我大致明白了。」

許智村來到王福芒面前，突然彎下高大的身軀，深深一鞠躬，整個人幾乎快碰到餐桌。

「對不起，我眞的很抱歉，小時候我做了那麼無聊的事情，讓你一直深陷痛苦之中，這麼多年來我根本不曉得，眞的很抱歉！」

許智村沒有抬起頭，他說話的同時，身軀也微微顫抖。

「校長……」

「我其實有發現，阿芒你就是我當年轉學的同班同學，但……我根本不記得，自己曾經對你做過這麼過分的事，我眞的覺得很愧疚。」

許智村臉脹紅，很不好意思地再次向王福芒鞠躬致歉。

「現在說這些有什麼用！」王福芒忽然提高音量說：「你根本不知道，你的那些行爲對一個孩子的傷害有多大！」

「是，當時的我的確不知道，我甚至不敢確定你是不是唯一被我取笑的人，對不起，我眞的沒有資格當你的長官。」

從許智村的話裡聽得出來，現在他的心裡也很不好受。

「如果道歉能夠彌補就好了，老實說，我現在根本沒有心思理你，我只在乎怎麼讓我兒子趕快恢復健康！這點你懂不懂？」

王福芒憤怒地大聲咆哮，把他積累多年的不滿與怒氣，一股腦地宣洩出來。

許智村沒有吭氣，只是靜靜地抬起頭，他的眼眶泛紅，凝視著盛怒下的王福芒，接著慢慢說：「我懂，我完全能明白你此刻的心情，因爲我跟你一樣。」

王福芒怔住了。

方才許智村突然來到這裡，讓他一時慌了手腳，現在心情漸漸恢復平靜，終於能夠好好看著眼前的老同學。

他發現，除了他所說的話，就連許智村痛苦的神情，也跟自己好像。

他別過頭閉上眼睛，對方痛苦的表情彷彿是一面鏡子，跟此時此刻的自己一模一樣。

其實，兩人的心情是相同的，都爲了自己所愛的人感到心痛，並飽受煎熬。

我在旁邊安靜地觀察這一切。

「就我看來，大叔啊，其實你的人生，並沒有糟糕到哪去啊。」凱文突然出聲。

「什麼?」王福芒疲憊地問道。

「每個人都有面對困難想要逃避的時候，我想這種經驗在場每個人都曾有過。你只是把自己的不順遂，怪罪於當年這位校長的惡意玩笑，卻一直不願承認其實是自己不如人吧？」

凱文停頓了一下，繼續說：「我並不是要替許校長的過錯開脫，錯就是錯，不過你想想，他不也是跟你一樣，深受太太的症狀所困擾，每天都要提心吊膽的，但他有表現出來嗎？還不是很認眞地面對自己的挑戰，所以我說，你就是這點不如他，否則我看過你在網路上的影片，其實你很有趣啊，應該是會讓人喜歡的，是吧？」

凱文說的話雖然內容尖銳，但他的語氣很平靜溫柔，每一句話都說到王福茫的心坎裡。

王福茫聽了這番話，起先一愣，隨即表情便緩和了下來。

這些年來，他承受了太多孤獨的情緒，爲了下一代，他幾乎全都默默忍受，但過往的傷痛其實從未癒合，沒有人可以理解他的心情，他以爲自己是世界上最不幸的人。

等到小光也被霸凌，甚至罹患憂鬱症後，他終於崩潰了。

他不知道自己是否能承受兩人份的不幸，以及雙倍的異樣眼光，這樣下去，人生還有什麼意義？直到現在，他才眞正了解，自己並不特別，每個人都有不爲人知的傷痛與不易克服的難關。

他的眼眶不知何時泛起了淚水，眼睛緊閉著，讓淚水滑落臉頰，滲入傷口，混合成淡淡的血紅色，落到他緊握的拳頭上。

「阿芒……」許智村忍不住關心地叫他一聲。

「對不起。」王福芒低下頭道歉。「抱歉，給各位造成麻煩了……」

雖然，王福芒引起一場騷動是事實，但此刻沒有人怪罪於他，反而同情他這些年來的處境。

問題是，現在王福芒心中，除了懊悔，更多的是該如何彌補他因爲改寫人生劇本，而使得小光的病情加重。

其他事情對他來說，一點也不算什麼了。

我正在心底琢磨時，忽然聽見居酒屋樓上傳來奇怪的聲響。

我本能地轉頭一看，赫然發現通往二樓的階梯隱密處，居然站著一個蒼老的男人。

是導演。

第一次見到導演下樓，讓我大感意外。

他沒有說話，只是直直盯著我，那眼神彷彿在跟我說：「還愣著做啥？該你處理了。」

我宛如聽見導演細如蚊蚋的聲音，等回過神來，他已緩緩往樓上的閣樓走去，消失在轉角處。

是啊，該換我上場了。

「如果再給你一次機會，你還會選擇過許智村的人生嗎？」我問王福芢。

「啊……現在說這些都爲時已晚，不是嗎？」

「會嗎？我倒不這麼認爲。」我一邊說一邊拿出筆記本，攤在桌上，注視著深陷在痛苦中的王福芢，接著說：「如果你有勇氣面對自己原本的人生，我很願意幫你一把。」

王福芢強忍心裡湧出的複雜情緒。

「我原本的人生嗎……」他掩著面，聲音從指縫中透出來。

9.

王福茫此刻的眼神，同時混雜了不捨與救贖的情緒，兩股相反的力量不斷地在他心裡來回拉扯，從他的動作就可看出，這是一個難以立刻回答的問題。

我很清楚他此時的情緒，因此沒有加以催促，也沒有再次開口詢問，只是靜靜等待著他的回應。

唯有自己鼓起勇氣，打從心裡接受不完美，才能過著真正屬於自己的人生。

「好吧，我了解了。」

王福茫掩面的手漸漸鬆開，閃爍遲疑的眼神也消失了，取而代之的是某種堅定的東西。

「我該怎麼做？」

他像是換了個人似的，眼神十分認真地望向我。

「你需要再次進入『暗蕨之屋』，更改自己的人生劇本，唯一不同的地方，就是這次你參照的對象，是自己原本的人生。」

我繼續解釋，但換回屬於自己的人生後，將沒有人可以預期你未來會碰上什麼事，也沒有人可以告訴你會不會過得比現在好。

在經過先前林雨琦的事件後，我學習到，也許不是每個更改人生劇本的人，都會有美好的結局。反倒是有一點點不如意，更容易引發內心反彈。

或者人就是這樣的生物，總要親身體驗一次，才能知道對自己而言，真正重要的事物是什麼。

王福芒默默聽完這一切，然後點了點頭，表示同意。

「好，那我們就開始吧。」

我在筆記本上寫下王福芒的名字，接著把筆記本推到他面前。

「想試試嗎？」我把筆輕輕地放在他手邊。

「……」

他凝視著眼前的筆記本，上面除了姓名之外，什麼都沒有。

思考幾秒後，搖搖頭，又把筆記本遞回給我。

「你突然這麼問，我還真的不知道要寫什麼……」他說完後，忽然不好意思地笑了起來，繼續說：「就讓『未來的我』，自己決定要過什麼樣的人生吧。」

王福芒雖然今晚遭逢他人生起伏最劇烈的一晚，弄得滿身是傷，但他此刻卻露出難得一見的溫柔笑容。

我領著王福茌，帶他走向居酒屋最上方的小閣樓。

「眞是不可思議，沒想到我還有第二次來這裡的機會。」

他望著「暗蕨之屋」的老舊木門，感嘆地說。

「我也有同感。」

我看著王福茌，原本以爲他的人生更改劇本後，一切會如他所預期的發展下去，萬萬沒料到事情會演變到如今的局面。

「繞了一大圈，似乎什麼都沒有改變，而且是拿回原本屬於自己的人生，但說也奇怪，我卻絲毫沒有不甘心的感覺。」

「那很好啊。」我淡淡地回應，接著問：「老實說，你會後悔來到這裡嗎？」

「你是指改變自己的人生？」他轉頭問。

「是啊，如果你沒有來找我們，現在還保有辛苦存下來的財產，但經過這些事之後，你可是全都歸零了。」我直接講出內心的想法。

「說的也是……不過……」他像是在對自己低語般：「我很感謝許智村，不知道爲什麼，我今天一見到他痛苦的表情，我其實感到很慚愧，我以爲他的成功只是僥倖，一切都是不公平的命運所致，但我現在知道是我錯了。」

「感到慚愧？」

「嗯，我相信他也因爲太太的病飽受折磨，但我每天都見得到他，卻絲毫沒有發現，更何況他的工作比我繁雜得多，卻還可以鼓勵大家一起加油，雖然他沒明講，但我似乎能猜到眞正重要的是什麼了。」

「是什麼啊？」我好奇地問。

「我猜是相信自己會變得更好的勇氣吧。」他笑得有些靦腆。

「暗蕨之屋」的木門打開，室內一片黑暗。

我見到在黑暗中，導演交疊地背著雙手，面向窗外，沒有回頭。

王福芒拿著我替他寫好名字的空白劇本，踏進了門裡。

「那個……」我突然出聲。

「就算拿回了舊有的人生，也可以繼續拍攝影片啊，我全都看完了，要是你不拍了，我會覺得很惋惜。」

王福芒沒想到我會說這些話，先是一怔，接著點點頭。

「暗蕨之屋」的木門緩緩合上。

夜深了，浮木居酒屋仍然燈火通明，橘黃色的燈光照得室內暖暖的。

等待王福芒從「暗蕨之屋」下來的時間很漫長，卻無人先離開店裡。在我和他停留在樓上的時候，吳廷岡身爲製作人，先了解整體的委託案進度後，接著跟許智村進行簡單的報告。

由於今晚王福芒意料之外的行動，眾人評估藥商一定會加強保全措施，甚至派駐二十四小時的警衛駐守現場。

警方也會開始針對失竊的部分藥品調查，這都提高了接下來掉包百憂解的難度。

我單獨下樓時，許智村正沉默地聽著暗蕨成員的報告，表情顯得有些凝重。

「景城，你來啦，我們正傷腦筋，有沒有什麼好辦法？」

「看來事情變得有點棘手啊。」

我瞥了一眼王福芒放在桌上的背包，裡頭裝滿了今晚他偷來的百憂解，深深地嘆了口氣。

原先擬定的劇本，可能必須捨棄，這也是無可奈何的事。

我一面煩惱著，一面把筆記本放進平時上班的公事包裡，就在這個時候，筆記本意外戳到一個白色盒狀的物體。

我從自己的包內翻出，是百憂解的藥盒。忽然想起，這是那天熟識的精神科醫師，偷偷塞給我的原廠藥，本來要找機會拿給許智村救急，沒想到卻撲了空，於是一直就這麼被我遺忘在包裡。

我拿著白色藥盒，腦袋忽然興起一個大膽的想法，隨即掏出手機撥打電話。

「喂，誰啊？這麼晚了，有什麼事嗎？」

電話那頭傳來有些不耐的聲音，是那天給我百憂解的醫師。

「是我啦，景城。」

「哦，這麼晚了，找我有什麼事啊？」

「是這樣的，我剛剛路過醫院附近，發現藥商公司遭小偷了，外面都是警察，聽說是百憂解被偷了，我本來覺得是小事，但我想想不對啊，我想到你那邊不是……偷偷藏了醫院很多那種藥，雖然這件事跟你無關，但我怕警察一旦查到醫院來，會以爲是你……」

我語氣故意停頓了一下，惹得電話那頭的醫師也緊張起來。

「夠了夠了，是誰要你在電話裡提這事了。欸，你說的是真的假的？」

我明顯感受到他提高了戒心，據我所知，他從醫院偷偷拿走的原廠藥可不只這一款，數量應該不算少。

要是一查曝了光，想必他鐵定會惹上大麻煩。

「當然是眞的，不信你明天隨便找個藥廠的業務問問，不就知道了。」

「那我該怎麼辦？這件事就你知道而已，可別把我扔下不管啊！」

「好吧，既然被我知道了，我勉爲其難地幫你處理好了，就這麼一次啊！明天，你把剩下的那些原廠藥都搬到我的辦公室，對，地下室那間，接下來我會幫你處理掉。」

我故意用爲難的語氣，眼神卻直視著許智村，比出大拇指朝他點點頭。對方感激地掛了電話。

吳廷岡壓著額頭，不敢置信地直盯著我。

「幹嘛？」我看著眾人驚訝的表情。

「看來我們忙了大半天，還是抵不過編劇的一句話有效啊。」

小繪瞪大眼，裝得一副要暈倒的模樣，逗得其他人笑出聲來。

「王福茫都替我們幹了這件事，不好好利用，就眞的太對不起他了。」我一邊回答，一邊轉向許智村說：「或者，你還有其他更一勞永逸的方法，譬如說，跟王福茫一樣，這樣你太太的人生也許會變得不同。」

我指的是更改自己的人生劇本。

「不用了，接下來，我相信靠我們自己的力量，一定可以變得更好的。」

許智村感謝地向我一鞠躬，他的表情透露出堅毅的味道。

我已經不記得上回有人這樣對我表示感謝是什麼時候了，我尷尬地搔搔頭。

看來王福茫剛才說得不錯，也許這就是他們兩人最大的區別。

待會王福茫下樓後，應該會在他臉上見到一樣的表情，我挺期待的。

第三章

馬克白夫人

1.

「謝謝光臨！」咖啡廳的年輕店員很有朝氣地對著凱文說。

天氣依舊寒冷，不過週末午後的陽光照得街上暖暖的，冰冷的氣溫讓人精神為之一振。

我坐在對街的公園長椅上好一陣子了，遠遠發現凱文步出咖啡廳，緊接著是另一位穿著西裝的中年男人，看起來雖然嚴肅，但臉上掛著笑意。

看樣子，談話應該很順利吧。

那位中年男人是凱文的父親，他特地從美國飛回台北。這是凱文不告而別數個月以來，他們父子兩人首度見面。

原本我要陪同他一起前往，直到最後一刻，凱文忽然改變主意，打算獨自進去找父親聊聊，因此我也沒走遠，點了杯咖啡一個人坐在公園裡，靜靜等待。

直到凱文父親離開後，消失在街角，我才起身靠了過去。

「這是？」

我看見凱文手上拿著一張對摺的白紙，裡面似乎夾著什麼東西。

「沒什麼啦。」

「喔？你不講，讓我更好奇了。」

凱文臉上露出彆扭的神情，他原本就不擅長掩飾，這從他父親的神情也可以看出，外表挺正經嚴肅的，但心裡的喜怒哀樂一點也藏不住，跟凱文十分相像。

「唉，那你可別跟小繪說，她最愛拿我開玩笑了。」凱文把對摺的紙遞給我。

「採訪中心副主任？」我從紙內掏出一張名片。

「是爸在台北的老朋友，就是他跟我爸說我人在台北。」

「原來就是他啊，看來記者越來越厲害了，居然還能找到你。」

「是啊，我太大意了，被記者發現都不曉得，要是被小繪知道，一定會被她笑死。」

「依她的個性，的確滿有可能的。」我把名片還給他，又問：「那你爸拿名片給你的用意是？」

「我們約定好，我在台灣就讀大學期間，他不會干涉我的生活或決定，但畢業後，他還是希望我能到美國進修。這段期間如果有什麼問題，就要我找名片上的人，到頭來，我還是沒能擺脫他的控制啊。」

凱文露出不情願的表情，想必他不是很樂意被當成小孩子看待。

「你這傢伙，說你很幸運也不為過！少抱怨一點。」我忍不住對他說教。

「嗯，或許吧。」凱文望著父親方才消失的轉角說：「至少這件事總算告一段落了。」

看著遠方，他的臉龐浮現微笑。

2.

冷颼颼的寒流逐漸遠去，春天的氣息透過書桌前方的窗戶吹進室內，行道樹紛紛冒出嫩芽，告知了新的一年即將來臨。

今天是週六假日，我沒有晚起，反倒從清晨時刻，就開始著手撰寫新的網路連載故事。故事裡的靜織和母親，依舊在未知的國度冒險，難關從沒間斷，卻屢次皆能化險爲夷。

窗外的陽光從晨曦的薄霧藍色，緩緩變成明亮的橙黃色，我不知道坐在書桌前有多久的時間，人在投入一件事情時，感覺時間過得特別快，最後是因爲肩頸的僵硬感，才讓我從虛實交錯的世界中抽離。

這份額外的工作雖然辛苦，而且沒有報酬，卻讓我樂在其中。

我在空白頁面輸入最新的文字內容，接著按下螢幕裡的「發表」按鈕。又是一篇新的故事，出現在那些未曾謀面的讀者面前。

我看了看手錶，現在是下午兩點，早已過了午餐時刻，我伸了個懶腰，開始思考等會兒該做些什麼事，打發白天剩餘的時光。

「您有新回覆。」電腦螢幕突然彈出一個小視窗。

「這也看得太快了吧，究竟有沒有好好讀啊？」

我心裡嘀咕著，在網路分享文章就是這麼一回事，作者可以跟世界各地的人即時互動，文章一旦發表，就不再屬於作者所有，每個人的解讀不盡相同，即使並非作者的本意，也是常有的事。

我點開視窗，立刻進入連載故事的平台，底下有一則新留言。

「好勇敢的女生，眞希望我也能像她們一樣，沒有後顧之憂地追求。」

留言的人是一位暱稱爲小魚的網友，我過去從沒見過她。

看來是新的讀者，但少見的是，她使用了平台的隱密留言功能，只有作者才有權限看到內容，其餘網友無法見到她的這則留言。

一般來說，這個功能多數讀者比較少用，因此讓我對她起了好奇心。

我很自然地點下她的頭像頁面——是一個年輕女生。

她留著一頭黑色微捲長髮，站在一面白牆前，側著臉看向鏡頭。模樣清秀美麗，是一張容易讓人留下深刻印象的面容。

我再仔細地看了一眼，發現我認識這個女生。

她叫劉筱漁，是靜織當年在劇團的好友，同時也是比她早一年入行的前輩，甚至可以說靜織有辦法加入劇團，就是受到劉筱漁的大力推薦。

我還記得當年，靜織雖然在學生社團很活躍，外形也亮眼，但對表演圈子而言，不乏漂亮的女孩子，每個有志從事這行的年輕人，無不渴望被人關注。

要不是劉筱漁某日前往校園劇團參觀，見到靜織在台上的表演，她們兩人也不會有機會結識，更不會開啓靜織追求夢想的旅程。

她可以說是靜織短暫絢麗的人生中，非常重要的一位貴人。

我究竟有多久沒見過她了？

依稀記得，在車禍發生後，我曾在醫院見到劉筱漁。

出意外後的隔天，劇團仍然有演出，由於入場票早已售完，不可能停止巡演，通常一齣戲幾位重要角色，都會有兩到三位的演員飾演，劉筱漁與靜織的身材外形都很類似，也排練過女主角，在她結束表演後，便匆匆趕到醫院。

我還記得在加護病房外，劉筱漁的淚水沾糊了臉上的妝，一雙大眼睛不停湧出淚水，強忍著向同樣在病房治療的肇事者理論的怒氣，整個人靠在椅背上，不斷顫抖地替靜織祈禱。

據說，那晚劉筱漁因爲靜織的意外，情緒大受影響，演出荒腔走板，被許多同樣期待她表演的評論員寫得非常不堪，因而沉寂了一段時日。

就連靜織過世後的葬禮，我都沒見到她的身影。

「不曉得她過得如何……」

我腦海勾勒出多年前，跟著靜織前往各地演出的畫面。

那時的她們，用盡了所有的生命力在舞台上揮汗排練，兩人閃閃發亮的模樣，我至今難以忘記。

「啊，這是今晚的節目單，請依座位入席……」

坐在門口發節目說明的是一位上了年紀的阿姨，臉上掛著親切的笑容，她似乎沒料到這個時間還有觀眾入場，趕緊遞了一張給我。

「謝謝。」

這是二月其中一個週五的晚上，雖然已經春天，可是入夜的街上還是有點微寒。

我在網路搜尋劉筱漁的消息，發現她已經不在當年的劇團名單裡，這讓我有點吃驚，因為她和靜織加入的劇團，在台北甚至國外都有不小的名氣。許多觀眾甚至還替個別演員成立專屬的後援社團，儼然就是個小明星，而劉筱漁成名較早，粉絲的數量也多。她從劇團裡消失，讓我頗為吃驚。

不過還是在另一個不知名的地方劇團，發現了她的照片，以及最新的演出資訊。

我查詢了一下日期，恰好近日也有演出，就在台北東區某個小劇場，晚上七點正式開演。

我看著節目單，這次的主題是改編自莎士比亞的作品——馬克白。

這齣戲我曾看過，它的版本有很多，但故事核心是在述說馬克白碰上女巫，被預言自己未來會成爲王，且在馬克白夫人的慫恿下殺了國王。獲得王位後，爲了保住權力不停殺害他人，這些罪行讓馬克白和馬克白夫人深受愧疚和罪惡感折磨，最後落得被斬首與自殺的悲劇下場。

莎士比亞的故事時常被各大小劇團改編，結合各種不同元素，雖然故事結構差不了太多，依舊相當吸引人。

門口的阿姨指了指地下室盡頭，那裡有扇黑色的鐵門。

透過門的縫隙，我聽見裡頭傳來劇場演員的對話聲。

那音調語氣跟一般人講話截然不同，看來演出已經開始一段時間了。

我不好意思地輕輕推開鐵門，深怕打擾到台下的觀眾，沒想到一進入室內，才發現來看表演的人並不多。觀眾三三兩兩地分散坐在台下。

在來之前，我心裡就已預期這個劇團的規模，不及當年她們參加的那個知名團體，但沒想到觀眾比我想像得還要少許多。

一陣子沒接觸，小劇場的經營比我認知的還要艱辛。

我隨意找了角落的位子坐下，把注意力放到舞台上，認真緊盯著每位演員的神情與動作。

現在的劇情進展到馬克白夫人正以緩慢的語氣，慫恿馬克白對國王下殺手，使得馬克白猶豫不已。

飾演馬克白的是位年紀相當輕的男生，他刻意裝扮得比較成熟，但聲音聽來卻有些稚嫩，眞正讓我注意到的是馬克白夫人。

她穿著戲服上了妝，但臉上掛著善解人意的微笑，說服馬克白盡快下決心的模樣，任誰看了都很容易被她這副動人的模樣說服。

馬克白夫人的表演技巧，明顯比其他同台演出的演員高出一截。

我雖然很久沒進劇場看表演了，但腦袋卻浮現另一座比眼前更大的舞台，一群認眞投入的演員賣力詮釋另一個角色的人生，畫面在一瞬間，跟前方的小舞台居然有些重疊。

眼前飾演馬克白夫人的，就是劉筱漁。

我坐在台下，不斷想起當年靜織與她的互動，眼眶不知不覺竟然有些濕。

我撇過頭擦拭，望向這個灰暗的地下表演廳，不曉得這些日子，她爲何選擇到這種不知名的劇團表演，她究竟經歷了哪些事？

「大家辛苦了。」劉筱漁溫柔、充滿精神地向同台演出的夥件說。

「筱漁姊妳才是，謝謝妳這麼幫忙！」幾位後台員工和年輕演員很有禮貌地致謝。

我靠在巷口的牆面上，見到穿著黑色大衣的劉筱漁從地下室的階梯走上來。看了一眼手錶，已經晚上十點了。

「沒想到已經這麼晚了……」

我在表演結束後，又在外面站了快四十分鐘左右，終於等到劇團的成員收拾告一段落。

劉筱漁步上階梯，小心地四下張望，接著快步彎進人少的巷口。

她行走的速度很快，時不時東張西望。雖然她過去表演結束後，場外時常會聚集一群等待與她合照的民眾，但此刻詭異的舉動仍讓我感到不解。

她反倒像是在躲避什麼人似的。

我今晚來這裡不是為了敘舊，壓根沒想過見到她之後，要說些什麼，或許天真地以為，只要見到過去同為劇團的熟人，就可以重溫逝去的那段美好時光。

但我默默看著劉筱漁的背影，忽然意識到，那場意外改變的恐怕不只是我而已。

我本想就此離去，但心裡有個念頭驅使我跟上前。

正在思考開場白時，沒想到她又轉進另一棟矮房。

「酒吧？」

我抬頭直盯著這間位於巷弄裡的不起眼酒吧，心裡回想劉筱漁清秀美麗的模樣，印象中她從不喝酒，個性乖巧，過去不可能來這類場所。

原本熟悉的朋友，現在神色自若地進入酒吧，忽然對她感到有些陌生，心中湧起一股異樣的感覺。

3.

五年前，一個平常的夜晚，剛吃完晚餐，晚風吹起來涼涼的。

我們走在人行道上，手機鈴聲突然響起。

「眞的嗎？我眞的可以加入你們劇團？」

靜織不敢相信地瞪大眼睛，以爲自己聽錯了。

「沒錯喲，上次妳來面試後，我們團員都很喜歡妳，大家都很期待跟妳一起工作呢！」

電話那頭傳來劉筱漁開心的聲音，我屏息站在一旁，聽得全身顫抖，興奮得想大喊。

「謝謝，眞的太感謝妳了！」

「唉喲，我也很開心認識妳呀，詳細的入團事項我會傳給妳看，趁這幾天好好休息一下，我們團可是很辛苦的喔！」

劉筱漁說完，又貼心叮嚀了一些細節後，便結束通話了。

我看著低著頭的靜織一眼，她抬起頭的時候，眼眶裡都是淚水。

「剛才是筱漁的電話，她說……她說……」

「我都聽到了，妳成功了！靜織妳做到了！」

我開心地站在路邊擁抱她，把她從地面抱起。

「哈哈哈，好癢喔，不要這麼大力呀！」

靜織在我懷裡動了動，笑得更開心了。

「抱歉，我太激動了。」

我一邊笑著，一邊把她放下。

「太好了，終於完成妳的夢想！接下來，我相信妳總有一天會當上女主角的！」

「才沒有那麼容易咧，下次帶你去看筱漁的演出，那才是眞正厲害的演員，我還差得遠了。」靜織噘嘴思考了一下，又說：「景城，接下來就看你的囉！」

「我？」

「對啊，你要成爲比我更出名的作家，上次是誰說要寫出超厲害的劇本，讓我演出的？你可別偷懶啊！」

她伸出手在我的胸膛輕輕捶了一下。

「對喔，沒想到被妳超前了，看來我得更努力一些了！」我抓著頭髮笑道。

「但壓力不要太大，因爲我相信你一定可以做到的。」

靜織眼神閃亮亮的，她堅信自己的看法不會錯。

這是五年前的一個平常夜晚。

周邊沒有特別的風景，也不是浪漫的節日，卻是我最美好的回憶之一。

我獨自坐在酒吧內側的角落位置，默默攪動玻璃杯裡的冰塊。

冰塊互相撞擊發出喀啦喀啦的聲響。

室內音樂放得很大聲。

透過光彩奪目的燈光，產生眩目的視覺效果，就如同那天的美好回憶般絢麗，令人捨不得將目光移開。

店裡的桌面下方裝有淡紫色的燈光，呈現一種迷幻不眞實的效果。

有一位穿著小禮服，頭髮自然落在雙肩的女生，站在遠方幫客人倒飲料，她笑得很開心，氣氛被她炒得很歡愉，看來客人都很喜歡她。

我注視她好一會兒了。

她絲毫沒有發現我的存在，專注在自己的工作上。

「筱漁怎麼會在這裡上班？」我心裡滿是疑問。

印象中她是一位非常自律的女生，對表演的熱情更勝許多我認識的劇團成員。

更進一步來說，筱漁和靜織是我見過最專注追求表演的兩位女生，她們彼此加油打氣，但對表現差強人意的地方，仍會直言不諱地指出。

靜織活潑外向，筱漁溫柔內斂，兩人雖然個性不同，但對於追求表演藝術的執著卻不分上下。

然而，我從遠處就可見到劉筱漁的眼神中，偶爾閃過異常的空洞，就算她臉上有再多的笑容，我也知道此刻她的心思並不在這裡。

「還要加點嗎？應該沒那麼快喔。」調酒師來到我面前。

「啊？不好意思，你說什麼？」我被他打斷思緒，抱歉地說。

「我是說你在等筱漁啊？還要一陣子吧。」

調酒師是個高瘦的中年男子，他順著我的視線伸手指了指。

「沒有沒有，我只是剛好在這裡碰到她。」

「你是她以前的朋友？」

「以前的？我不太明白是什麼意思。」我疑惑地說。

調酒師稍微停頓一下，上下打量著我，點了點頭。

「你知道我們做酒保的，什麼人都見過，看人的眼光最精準了。」他不等我開口點單，主動幫我的玻璃杯裝滿，說：「你跟外面那些視錢如命的傢伙不同，把人逼死跳樓這種事，像是例行業務一樣，眞沒人性。」

「怎麼回事？筱漁發生什麼事了嗎？」

「先別緊張，你是她來這裡工作後，第一個來找她的朋友。」調酒師看著我擔憂的模樣說。

「我叫吉米，他們都叫我吉米哥，隨你怎麼叫都行。」

他也替自己倒了杯威士忌。

「吉米哥，你剛剛提的那些傢伙，是怎麼回事？」

「討債公司。」

「討債公司？」

我眉頭緊蹙，心想劉筱漁怎麼會跟這些人打交道。

這跟我印象中的她完全不同。

「前男友介紹的。」吉米嘆了口氣說：「要不是筱漁當時急需用錢，而且又是家裡需要的救命錢，她哪需要跟那幫混蛋打交道。」

「救命錢……她家裡出了什麼事嗎？」

「聽說是借了一大筆錢，作爲媽媽的醫療費吧，最後的結果我就不曉得了，她似乎不太想讓大夥知道這件事。」他頓了頓，又說：「不過這也挺正常的，在這裡的每一個人，誰沒有不想讓人知道的過去呢？」

我沉默了幾秒，心想每個人難免都會遇上突如其來的難關，或許這些年，劉筱漁剛好碰上了這種情況。

印象中，劉筱漁跟母親同住，父親在她幼時就不在人世了，因此跟母親的感情非常要好。

如果我和靜織都在她身旁，也許情況會稍微不同。

但這也都是後話了。

「就算這樣，也不該辭掉劇團的工作吧。」我望著前方忙著陪笑的劉筱漁，惋惜地唸道。

但我清楚，她所屬的劇團根本容不下分心的團員，只要稍微一落後，就很容易被新進演員取代，現實就是這麼殘酷。

吉米聽完，沒出聲，心中在思考什麼。

他只是安靜地看了我一眼，眼神似乎有些猶疑，但瞬間又變成調酒師專業開朗的健談模樣。

「你好像很清楚筱漁的過去。」

吉米哥嘴角露出意味深長的微笑。

「嗯。」我簡短地回答。

「那請你幫個忙。」

他停下手邊的工作，注視著我說：「讓她離開這裡。」

「什麼意思？」我以爲自己聽錯了，再次詢問吉米哥。

「就是字面上的意思，找個方法讓她離開這家店。」

吉米哥輕描淡寫地說，從他的表情看來，不像是要趕人辭職那種意味。

「我知道，但爲什麼？她如果在這邊工作得好好的，應該就不會離開，但如果眞的不喜歡，應該也輪不到我去說吧。」我連忙說。

「你說得對，除非是非常喜愛夜店生活的人，才有可能一直待下去，但更多的人不過是想要多賺點快錢，而不得不繼續做，可是時間一長，就連自己當初爲何進來這裡的原因，都漸漸淡忘了，我不希望筱漁也這樣。」吉米哥很認眞地看著我說。

「我明白，但是不是也要先問過她本人的意思，之後再——」

「你是跟蹤筱漁才找到這家酒的，對吧？」吉米哥突然插話。

「啊……算是吧。」我愣了一下，一時語塞，其實我並沒有跟蹤筱漁的意圖，只是一路上都想不到該怎麼開口，就這樣糊里糊塗地跟到了店裡。我有點訝異地問：「你怎麼知道？」

「很簡單啊。」

他笑著比了比我放在桌上的節目單。

接著，吉米哥伸出食指，放在嘴唇前，比了一個噤聲的手勢。

「其實她去表演的時候，應該是店裡的上班時間，但沒關係。」

調酒師的觀察力果然不是蓋的。

「年輕人追求夢想，不該被現實阻礙，因爲你不知道如果給她機會，她究竟能飛得多高多遠。」吉米哥露出溫柔的笑容，喃喃唸著：「如果眞的有魔法，能讓人生重新來過，就不會有這麼多遺憾了吧。哈哈，抱歉啊，就當我是喝多了。」

吉米哥的每句話，我都聽進去了，如果劉筱漁因爲現實環境所迫，而必須抽身到這裡上班，最愛的夢想反倒只能偷偷摸摸進行，這是我不願見到的。

我想靜織也同樣會這麼認爲。

我從店裡的角落看向劉筱漁，雖然漂亮的臉蛋堆著笑容，就算她的演技再怎麼自然，心中的無奈就像一道無法掙脫的陰影，如影隨形。

暗薇之屋。

我該主動向她提出改變人生劇本的建議嗎？

閉著雙眼，克制心頭起伏的情緒，舉起玻璃杯一飲而盡。

4.

這一天，浮木居酒屋熱鬧滾滾。

吳廷岡心血來潮，居然想讓小繪、凱文和我掌廚，說什麼上回爲了園遊會鍛鍊的廚藝，如果不多練習而生疏的話就太浪費了。

因此他今天僅負責點單，其餘的工作就由我們三人包辦。

此外，吳廷岡還找來了許久不見的林雨琦和先生阿識，另外王福芒和他兒子小光也都到了。

整間居酒屋原本就不大，頓時擠滿了許多熟悉的面孔。像是在開同樂會一樣，一群人笑成一團。

我忙著在廚房料理日式炒麵，果然一段時間沒碰，技巧變得生疏了。費了好一番工夫，才調回記憶裡的味道。

「天啊，這眞的是妳！也太美了！」小繪拿著一張照片，興奮得尖叫說，開心的表情完全寫在臉上。

照片裡是一位正在水中游泳的女人，側著臉凝望前方終點，專注的模樣彷彿世界上沒有其他事能阻止她前進。

有一種令人欽佩的美感。

「沒有啦，那是阿識拍得好。」林雨琦笑得很靦腆，拍了拍身旁的先生笑著說。

原來林雨琦尋回自己的人生劇本後，雖然行走的能力仍然沒有太大的進步，但她憑藉過去多年來的運動記憶，將舞台從跑道轉移到了泳池。

藉由水的浮力，減輕體重的負擔，讓行動不便的肢體能在水中行動自如，更有強化心肺能力和減緩在陸地運動不適的功用。

阿識是醫師，他簡明扼要地解釋游泳對肢體殘障者的好處，接著又說：「再給她一點時間練習，說不定幾個月後的比賽就能上場了。」

阿識雖然是對著我們幾個說，但更像在替妻子加油打氣。

「如果眞的報名參賽了，請務必通知我們，大家都會去加油的。」我手上端著剛從廚房做好的日式炒麵和串燒，來到餐桌前說。

「好啊，那我得加倍努力練習了。」

林雨琦體內湧起年輕時在賽道渴望奪牌的拚勁，開心地舉起啤酒杯喝了一大口。

「哇——好嗆！」

「好了好了，喝慢一點，眞是的。」

阿識在一旁嘆了一口氣，隨即笑了出來。

「對了，我剛剛一直覺得這位先生很面熟，你是不是曾上過電視還是……」

林雨琦拿餐巾紙擦了擦嘴，好奇地轉向王福芢問道。

王福芢聽到她這句話時，見大夥目光都轉向他，笑笑地點了點頭。

「果然被認出來了啊……」他不好意思地說。

「咦？我想起來了，你是Youtube上很有名的那個老師，所以是眞的囉！眞是太意外了，沒想到可以在這裡見到你。」

林雨琦瞪大眼睛，滿臉訝異地望著對面的王福芢。

「其實我也不知道會變成這樣，都讓我有點不好意思了。」他彎著頭又說：

「這一切都是誤打誤撞的，眞的沒有妳厲害。」

「不不不，我看過你介紹各地方隱藏的地下故事，如果沒有豐富的閱歷，一般人眞的無法知道這些有趣的事情。」林雨琦忽然轉向一旁的小光，溫柔地說：

「你有一個很厲害的爸爸呢！」

「嗯！我也這麼覺得。」正認眞吃著炒麵的小光，抬起頭，很有朝氣地回應。

看來，在王福芒改變之後，小光的情況也逐漸好轉了。

「這麼說也是，誰知道我小時候交的那些壞朋友，反倒成爲副業的夥伴了，人生眞的很難預料啊。」

王福芒一臉難爲情的樣子。

「的確是，誰都不知道接下來的人生會發生什麼事，只能盡力而爲。」

「你說的對。」

林雨琦說完後，和王福芒都沉默了片刻。

他們兩人都不知道彼此曾進入「暗蕨之屋」的事，但此刻卻有同樣的感觸。

這時，他們轉換話題，氣氛再度熱鬧起來。幾個人討論王福芒最近拍攝的主題，聽說是跟黑幫討債集團有關。

他透過訪談幾位黑道組織的成員告訴大眾，他們如何以慣用的伎倆，引誘急需用錢的少女借貸，但利息根本高得不合理，因此不少人被逼得輕生，有些女性則被強迫去酒店陪酒，賺取高額收入，但所得幾乎都落入黑道組織的口袋裡，根本存不到多少錢，處境相當不堪。

眾人聽了，不禁搖頭嘆息，同時也慶幸王福芒可以將這類黑暗面曝光，提醒大眾要小心，不要因爲狗急跳牆而被騙。

我原本在調理台整理桌面，輕鬆地喝著飲料，內心忽然隱隱感到不安。

「看他們現在幸福的模樣，實在很難想像他們幾個月以前的樣子。」吳廷岡站在居酒屋門口，對著眼前離去的眾人揮手，又說：「好像我上週看到的氣球。」

「氣球？」

我站在吳廷岡身旁，不解這是什麼奇怪的比喻。

「我在溪邊看到一顆氣球卡在水閘門前，它不斷地在水面反滾，但因為閘門就擋在水道前面，不管它再怎麼努力前進，也不可能通過。」

「除非有人把閘門打開。」我說。

「嗯，不然就得一直翻滾下去，或者，直到被某一個尖銳的石頭刺破，它才有可能順著閘門縫隙通過。」吳廷岡接著又說：「但就只剩破掉的碎片了。」

「為什麼跟我說這些？」

「你是不是覺得『暗蕨之屋』改變人生的做法，其實根本沒有必要？」吳廷岡這麼問我。

「我不知道，但覺得對他們兩人來說，的確是花費了所有的積蓄，最後還是回到原點，過著自己原本的人生，這樣想想，的確還滿吃虧的。」

我坦率說出心中的想法。

說實話，過去除了林雨琦和王福芢之外，也有幾位前來尋求改變人生劇本的委託案，但通常改變人生後，人就消失了，不曾再來居酒屋找我們。

想必日子應該就是照著他們期盼的人生進行下去。

直到最近兩個案例，卻讓我開始有些動搖。

我不知道吳廷岡是怎麼看出來的。

「我倒不覺得他們吃虧。」他一邊把放在店外的招牌搬進室內，一邊說。

「怎麼說？」

「我們只是幫他們把水閘門打開而已，至於氣球要漂到何處，就讓水流決定吧，至少，我們讓氣球在被外力刺破前，給了它們一個前進的出口。」

吳廷岡見我沉默不語，繼續說：「對於某些人來說，被命運惡意阻擋的人生，一味努力只是不停消耗自己的生命。」

他關門前的最後一句話，不斷在我耳邊迴盪。

5.

夜晚，當我把新的小說進度上傳到平台後，窗外剛好開始下起雨來。

雨勢不小，幾個夜歸的行人紛紛加快腳步。

我從房間往外看，路燈光線籠罩的區塊，明顯看到雨滴劃過空氣的痕跡。

看樣子，這場雨暫時不會停，也許會持續一整個晚上吧。

我把注意力移回螢幕，文章被點閱的次數開始緩慢增加。

這跟當年我對靜織所做的承諾——要成爲一個暢銷作家，似乎還有一大段的距離。

我究竟要到什麼時候，才能達成自己的承諾？

我沒有答案。

「妳呢？我好想聽聽妳的回答。」

我一個人對著窗外的空氣說話，但答覆我的僅有雨聲。

嘩啦啦地落在街道上。

「您有新回覆。」平台機械式地回傳網友的評論，我點開連結。

「Louvre，你一定很有錢吧？才能專心創作自己喜歡的故事。」

Louvre是我在網路上的暱稱，所有文章都是用此帳號發表。是筱漁。螢幕上出現她的大頭照，一樣是用隱密留言的功能，僅有作者看得到。

這時，忽然想起，上次她也有來我這裡留言，但我卻忘了回覆。

我一邊想著，手指一邊敲打著鍵盤。

「不，我只是跟妳一樣的普通人。」

食指按下傳送。

幾秒鐘後，小魚回覆了。

「我跟你不一樣，現實對每個人並不公平。」

結尾她還傳了一張躺在龜裂泥土地上的魚寶寶卡通圖片。

我停頓了一會兒後，繼續在鍵盤上敲打。

「妳是不是有什麼困難？或許我可以幫助妳。」

在親眼見到劉筱漁的改變後，我知道在網路跟她說些什麼「要加油！」「請不要放棄！」之類鼓勵打氣的話，根本無濟於事；因此我直接詢問她，也許透過網路的匿名機制，她比較願意說出自己的困難。

訊息發出了一陣子，小魚卻遲遲沒有回應，我只能隔著螢幕不停地在腦中猜測。

正當我以為她下線的時候，螢幕彈出另一個訊息。

「前幾天，我在工作的地方碰到一個熟人，不知道他有沒有發現我，但我很害怕，希望他沒見到我現在這個樣子，或許我該離開這裡，但我又很需要這份工作。」

我讀著小魚傳來的訊息，腦袋宛如被投入一顆炸彈，轟隆隆地作響。

那天晚上，劉筱漁見到我了？

我忽然想起，當天她的確一直在前方的桌椅間徘徊，完全沒有接近我這側的角落，按道理說，這點的確不太對勁。

難道她一直在閃躲我？但這又是為什麼？

我的指尖微微顫抖，正猶豫該如何回覆時，又傳來一則訊息。

「抱歉，你寫的故事給了我很大的勇氣，所以不知不覺就說了些奇怪的話，希望你別介意。」

我急忙輸入訊息：「是經濟的問題嗎？告訴我妳需要什麼協助，我很願意幫忙。」

我隨即按下發送鍵，但是過了好久，小魚都沒有回覆。

我在電腦螢幕前發愣了許久，直到我意識到小魚已經下線了，緊繃的身體這才朝椅背靠去。

現在我該怎麼辦？我該直接去酒吧找劉筱漁，詢問她需要什麼協助嗎？但她很明顯在躲我，或許見了面，她會立刻轉身離去也不無可能。

今晚我抽空看了王福芒新的影片，恰好是在講被高利貸逼迫還債的男男女女，我無法想像其中的案例，若發生在我認識的人身上，我會有何反應。

那就像是一個人被關在囚牢裡，每天都要在局限的空間裡勞動，被剝奪了做夢的力量。

腦中頓時浮現當年劉筱漁在舞台上自信揮灑的模樣。

接著又想起她在酒吧陪客人嬉鬧的虛偽笑容。

「對於某些人來說，被命運惡意阻擋的人生，一味努力只是不停消耗自己的生命……」

吳廷岡的話不斷敲打著我的內心。

暗葳之屋……

我的腦海裡突然浮現那扇老舊的門，以及導演深沉的眼神。

雖然過去從來沒有暗蕨成員主動幫人改變人生，我們都是被動地等待委託者上門。

「管他的，凡事都有第一次吧！」

我隨即拿起一把傘，奔向酒吧的方向。

外頭的雨勢比我想像得還要大。

6.

「靜織？」

那天晚上，台北街頭下了一場大雨。

我下班後來到劇團排練室所在的大樓，才走出捷運站沒幾步，就瞧見一個女生坐在大樓旁的階梯上，神情落寞地看著雨滴、十分沮喪的樣子。

我有些不知所措，立刻跑到她身邊關心地問：「妳怎麼坐在這裡？排練結束了嗎？」同時趕緊在她上方打開雨傘，仔細一看，她的頭髮和肩膀幾乎都被雨水淋濕了。

「看來我太天真了……」靜織喃喃說道。

「妳說什麼？」

「景城，我的表演是不是只有學生劇團的水準而已啊？」

她抬起頭，我發現她眼眶紅紅的。

整張臉濕漉漉的，不知道是雨水還是淚水。

「才不是！妳是我見過最有天分的演員，妳想一想，現在加入劇團的，有比妳更年輕的新演員嗎？這麼難進的劇團都能進去了，妳才不是什麼僅停留在學生水準的演員，妳一直在進步呀！」

我很堅定地對靜織說。

「……」

靜織沒有回話，只是緊咬著下唇，內心似乎很掙扎。

今天是她加入劇團一週年，原本要帶她一起去找個餐廳慶祝一番，怎知道卻碰上這突如其來的變化。

「發生什麼事了嗎？」我一手摸著她的頭問。

她突然啜泣起來。

「今天試演將要巡演的戲，就是原本我一直在練習揣摩的那個角色，我沒爭取到，還被導演說，不知道我在保留什麼，如果這麼想維持自己原本的樣子，不如回去學生劇團當明星算了。」

「話說得很重，難怪妳會這麼難過。」

我蹲下身摟著她的肩，感覺她的身子在這一瞬間變得好小。

我很同情靜織，畢竟這些日子以來，我看到她爲了爭取演出機會，平常會化身成劇中角色，然後思考「她」會如何說話？如何走路？如何吃飯？。

她之所以這麼做，就是希望自己能完全進入該角色的生命之中。

我甚至有身邊換了一個人的錯覺。

但很遺憾，這次她落選了。

也難怪她會這麼難過……

就在這個時候，傘外出現了一雙淺綠色的鞋，停在靜織後方。

「靜織，這不是世界末日，只是剛剛開始喔。」

我抬頭一看，是劉筱漁。

她似乎才剛排練完，罩著一件簡單的長版大衣就下樓。

「筱漁……」

靜織回頭看了她一眼。

「知道那時候，我爲什麼那麼努力地跟大家推薦妳入團嗎？」

劉筱漁坐到她旁邊，不管階梯是否沾上了雨水。

「因爲我很努力？」

「笨蛋，妳覺得剛剛跟妳對戲的那些人，哪一個不努力了？」劉筱漁失笑出聲，偷偷白了她一眼：「爲了爭取一個配角的機會，妳知道我揣摩了多少個月嗎？」

「也是……」靜織垂下頭，沮喪地說著。

「算了，我直接公布答案好了，因爲妳比任何人都擅長『傾聽』，這是妳最大的優點。」劉筱漁很真誠地對她說。

「傾聽？」

「嗯啊，對於演員來說，妳有一個很厲害的特點，就是能敏銳地感知到對方的情緒起伏，和整體的氛圍，然後做出適當的回應，這才是眞正的在演戲。導演不是有說過，如果妳演的時候，只是把劇本裡的台詞一字不漏地唸出來，這並不是他所要的嗎？」

劉筱漁拍了拍靜織的肩膀，緩緩道來：「如果原本的故事已經有六十分，一位好的演員，可以爲原先設定好的故事加分，而我相信妳有這個潛力，妳現在缺乏的只是要多練習。」

她說完後，靜織像觸電一般，突然停止哭泣，開始思考她話裡的意思。

劉筱漁的話就說到這裡。

忽然把視線轉向我，神祕地笑了笑：「景城，接下來就交給你囉！要是她又再哭的話，就是你的問題喔！快回去吧，雨越下越大了，眞的好羨慕妳有人來接喔！」

她呵呵笑著，然後很快地跑回大樓裡。

接著轉身對我們倆揮手再見，又回到劇團去了。

我看著劉筱漁消失的地方，心想追求夢想的路，果然不會是一帆風順的啊。

如果有，那也只是尚未啓程的新手才會說的話吧。

這時候，我忽然覺得靜織今天遭遇挫折，也不是一件壞事。

「冷死了，走！我請妳吃大餐！」

我笑著，把還坐在階梯上的靜織一把扶起，然後兩人共撐一把傘，往捷運站的方向走去。

7.

當我來到酒吧時，差不多是店裡正要開始忙碌的時間。

劉筱漁應該是趁著空檔，利用手機上網跟我聯繫。

她雖然知道我有寫作的習慣，但Louvre這個帳號是我在靜織離開後才申請的，因此她不曉得我就是Louvre，而我也沒打算特別說明。

「筱漁嗎？要稍等一下喔。」

店裡的服務員小弟態度很親切，似乎很常聽見客人指名要劉筱漁來同樂。

我也清楚，依照她的演技，對付這些客人簡直綽綽有餘。

不過，她的演技有更適合她發揮的地方。

而不是這間閃耀著絢麗燈光的酒吧。

「你果然又來了。」

吉米哥不等我點單，自動遞上一杯用高腳杯盛裝的雞尾酒。

「我招待。」

「謝謝。」

我喝了一口，酸酸甜甜的口感，應該是加入了橘子汁，但酒精濃度不低，一口喝下，一股灼熱感緩緩從身體內部湧上，暫時驅走一些寒意。

「上次拜託你的事，考慮得如何？」吉米哥用乾淨的布一邊擦拭杯子，一邊抬眼問我。

「嗯，就交給魔法吧。」我神祕地微笑。

「你說什麼？」

「就是可以讓人生重來的魔法啊。」

「啊，隨便講的你當眞啦？我酒是不是放太多了？」

吉米哥沒想到我會這樣回答，狐疑地看了手邊的酒瓶一眼。

「沒事沒事，我沒醉，你放心。」

「看來你有自己的一套方法，那我就不多問了。」

「嗯，就像變魔術一樣。」

「變魔術？你是個魔術師嗎？」

吉米哥越來越聽不懂，眉頭皺了一下。

「如果可以改變別人的人生，跟魔術師還眞的有點像呢。」我頓了頓，又說：「但也要觀眾願意相信才行。」

過了足足十五分鐘左右，遠處的走廊上終於出現劉筱漁的身影。

她今晚穿著一身俐落合身的洋裝，很能突顯她的身段。

我轉頭和她對上了眼，立即朝她微微一笑。

劉筱漁腳步一停，臉上的表情很明顯起了變化。

但也只有那麼一瞬間，她馬上又堆起敬業的笑容，朝我走過來。

「我沒想到會在這裡見到你，多久沒見啦？」

劉筱漁坐到我身旁的位子，然後跟吉米哥招了招手。

一杯酒就遞到她面前的桌上。

接著吉米哥刻意離開吧台，獨自走到另一端去忙了。

此時，僅有我們兩個坐在店裡的角落。

「應該有兩年多了吧。」我回答。

上次見面就是在醫院裡，但我沒有特別提起，去計算這段時間的長短，已讓我感到一陣心痛。

「原來才兩年啊……」劉筱漁喝了一大口酒，放回桌上時，僅剩一半。「感覺像過了一輩子呢。」

她的臉似乎摻雜了其他感情。

我沒有否認，只是點點頭。

「最近過得還好嗎？」我問。

「你這傢伙還是學不會聊天，現在退步到連話都不太會說了。」劉筱漁嘆口氣笑道，接著又問：「你覺得我過得如何呢？」

「嗯，一般般吧。」

對這個問題，我不能直接指出她的困難之處，也不能開心地說她過得很好，總之是個困難的問題。

「一般般嗎……」劉筱漁停頓了一下之後，又說：「你跟其他客人不太一樣，從沒人會這樣說。」她終於肯面對我。

「我不只是客人，別搞錯了。」

「也是。」

忽然生起一股空虛的感覺，我倆頓時不曉得該說些什麼。

「景城，你不是剛好來這家店的吧？找我有什麼事嗎？」劉筱漁主動打破沉默，開口詢問。

「妳有想重回舞台嗎？回到當年那個劇團。」

她聽到我這麼問，臉又轉回桌面，像是在閃躲。

「沒有，那只是年輕時做的夢，現在都幾歲了，該醒醒了。」

劉筱漁又喝了一口酒，僅剩下少許的酒液殘留在杯底晃呀晃的。

「是因爲靜織的事嗎？」我問。

她的動作忽然停了一下，我感覺她的胸口起伏，呼吸變得急促。

「是嗎？或許吧。」她注視著殘留的酒，以不太肯定的語氣說。「我花了大半的青春歲月追夢，似乎只換得一場空，家裡需要錢，而劇團的收入不穩定，這也是沒辦法的事，我只有一個人，沒有人可以幫我，只能選擇面對現實。」

劉筱漁聲音越來越低，但隨即一轉，又變得開朗起來。

「在這裡雖然不好，但時間久了，也就習慣了。」

她又接著說。

「筱漁……」

「你知道，我一個晚上賺的錢，居然比以前一個禮拜還多，想不到吧？」她故作堅強地挑了一下眉毛說。

「我去看妳演的《馬克白夫人》了，還是一樣讓人驚豔。」我望著她的眼睛，很認眞地說。

「你——」

劉筱漁一臉錯愕，不敢相信地望著我。

「妳在台上的時候，比現在還動人，雖然外表不比現在美麗，但至少妳是開心的。」

「是誰允許你去看演出的！」

劉筱漁的聲音忽然提高，情緒有些激動。

幸好店裡的音樂開得很大聲，沒有引起他人的注意。

她隨即站起身，轉頭背對著我，背部的肌膚不曉得是因爲酒精，還是情緒波動，顯得有些泛紅。

「抱歉……沒別的事的話，我先走了，謝謝你。」

她踩著高跟鞋正要往前走。

我趁著她離去之前，趕緊說：「筱漁，我有個方法，能改變妳的人生，如果妳願意，我等等在外面等妳。」

劉筱漁聽見我的話後，只是稍微止步，沒有回頭，繼續往前走，消失在走廊盡頭。

明明已經春天了，但距離眞正回暖的日子，還有幾個星期，尤其這陣子幾乎天天下雨，夜晚的氣溫不高，風一吹來，很容易讓人感冒。

酒吧外有條暗巷，我斜斜靠在牆邊，看著不停進進出出的客人，那些人打扮時髦，不時大聲喧嘩嬉鬧，我就這樣靜靜地看了好一會兒，忽然感覺這些人有個共同點——都很寂寞。

尤其在跟人群告別後，轉頭的瞬間，那些表情被我看得一清二楚。

有人說，寂寞會殺死人，我覺得這話說得挺貼切的。

一個人的寂寞，和一群人的寂寞，並沒有太大的分別。

我不知道在外頭站了多久，心裡思考著該如何向劉筱漁開口，但始終想不到適合的話，心一橫索性不想了。等著等著，腳痠了就蹲坐在一旁，模樣看起來應該有點狼狽。

就在我感到有點睏的時候，劉筱漁推開側門，發現我還在，表情有點訝異。

「我以爲你早就回去了。」

她來到我身旁，已經換了一件普通襯衫，綁著馬尾，看起來跟一般女孩無異。

「我還以爲妳不打算下班了。」我笑著說，揉揉痠到不行的腳。

「眞是的，這附近有便利超商，我們去那裡吧。」她輕輕嘆了口氣說。

我們各點了一杯熱拿鐵，坐在超商旁的小公園椅子上。

掌心傳來陣陣暖流，讓我委靡的精神登時提振不少。

「抱歉，讓你等那麼久，早知道就讓你在店裡坐就好。」她垂著頭說。

「沒關係，反正我也不習慣那裡。」我看了她一眼，說：「妳還是現在這個樣子比較順眼。」

「就別講這些有的沒的，我自己也知道。」劉筱漁望著地上一灘雨後的積水說。

「筱漁，我還是同樣一句話，希望妳能重回舞台，那才是妳該停留的地方。」

「我還能回去嗎？」

她像是在跟自己說話般，聲音小到幾乎聽不見。

「妳聽說過『暗薇之屋』嗎？」我沒有想太多，直接脫口而出。

「暗薇什麼？」她轉向我，疑惑地問。

「『暗薇之屋』，一個可以改變人生，讓妳的人生重新獲得選角的機會。」

「聽起來跟童話故事好像，但謝謝你，我已經過了小女孩的年紀，你的好意我心領了。」

劉筱漁嘴角微微上揚，明顯並不相信我說的話，但這很正常。

「我沒有要安慰妳的意思。」

我神情堅定地注視著她的雙眼。

「你別尋我開心了好嗎，這世界上哪有這種荒唐的事。」

在我的注視下，她顯得有些不知所措，但仍不相信我說的話。

「不想聽聽看嗎？對妳來說，也沒有什麼損失吧。」

「好吧。」

她長呼一口氣，兩手一攤，不想再跟我爭執下去。

「那是一間小閣樓，我們可以讓進去的委託者改變自己目前的人生，但不是沒有條件，有三點規則必須先跟妳說明。」

我瞄了她一眼，看她沒有太大的反應，繼續說：

「第一點，委託者必須提供一個參照對象作爲範本，改變後的人生將依照參照對象的人生劇本發展。第二點，雖然不需要徵得參照對象的同意，但也算是某種程度抄襲他人的人生，因此，對方生命中的好與壞，都有機會一併承接。」我說完前兩點的規則。

「還有呢？」劉筱漁的反應有些冷淡。

「最後一點，任何打算進入『暗蕨之屋』的人，必須支付目前所有的財產作為費用。」

「所有的？」她的眉頭皺成一團，不解地說：「這就是你說的改變人生的方法？根本跟我那個混蛋前男友差不多，說什麼只要向他朋友公司借錢，就有機會改變我媽的命運，簡直是亂來，我當初就是信了那套鬼話，現在才會在這裡！」

從劉筱漁無奈的話語當中，可以明顯感受到她隱忍許久的憤怒。

看來吉米哥說得不錯，她因為母親的緣故，向地下錢莊借貸，而沉重的經濟壓力使她不得不放棄夢想。

「我很同情妳的遭遇，但請妳相信我。」我用認眞的口吻說。

劉筱漁沒作聲，只是出神地看著地面，不曉得在想什麼。

「你自己有進去過嗎？」她突然開口。

「什麼意思？」

「我是說，你有嘗試改變自己的命運嗎？」劉筱漁頓了頓，有點艱難地吐出接下來的話：

「這樣……她是不是就能回來了？」

一時之間，我們兩人都沒說話，僅有風吹過草叢發出的沙沙聲。

我們都知道她指的是誰。

「沒有。」我搖了搖頭。

「我就說吧，這世界上根本沒有童話，但還是謝謝你跟我說這件事，挺有趣的，這是我今晚聽到最美好的故事。」

她對著我笑笑，那是真誠的笑容，我感覺這才是以前的劉筱漁。

「『暗蕨之屋』不能讓已死的人復生，可是，」我轉向她，說道：「能讓還留在世上的人，重新活一次。」

「景城……」

劉筱漁默默看著我，似乎難以理解我的想法，也不知道我在堅持什麼，但我從她眼中，看到有些動搖的情緒。

「靠近西門町那邊，有間叫浮木居酒屋的小店，小閣樓就在那裡，如果妳真的準備好了，我隨時等妳來。」

我把想說的話都說完後，站起身把手上的咖啡一飲而盡。

咖啡冷得很快，殘存的溫度甚至讓人感覺有些涼。

「很晚了，妳該回去休息了。」

「嗯，你也是。」

劉筱漁雖然這樣說，但她依然坐在椅子上，似乎陷入了抉擇之中。

8.

這一天的晚餐時間，我依舊習慣下班後來到浮木居酒屋。

「今天上午，警察來過。」吳廷岡站在廚房，輕描淡寫地說。

「怎麼回事？被盯上了嗎？」我難掩驚訝地問，因爲過去從沒發生過這類的事。

「有可能，但不需要太緊張。」

他輕輕擦拭著調理台，動作一點都不慌張，彷彿只是一般的閒聊。

「目前的情況還好嗎？」

「我讓小繪和凱文出去調查過了，他們說應該是上次藥商失竊案的關係，曾有人見到你們幾位出現在那附近的街道，所以只是來例行地調查一下，不過……」

吳廷岡稍微停了一下。

「不過？怎麼了嗎？」

「有位年輕的警員，曾在網路搜尋到有關樓上的傳聞，他顯得很有興趣。」

吳廷岡伸手指了指天花板說。

「暗蕨之屋？」

「是的。」

「真驚人，想不到傳聞散布得比我們想像得還廣泛，他後來怎麼說？」

「他說想上去看看。」

「啊？他們有搜索票嗎？」我臉色一變說。

「當然沒有，那只是年輕警員出於好奇，主動提出能不能去參觀一下。」

該不會又出了什麼事吧？雖然僅僅是網路傳聞，但這回感興趣的對象居然是警察，這對暗蕨其他的委託案來說，是個警訊，畢竟其中牽扯到不少非法的手段。

我腦海裡忽然閃過樓上陰暗的閣樓，又問：「後來你答應了？」

「嗯。」

「不會吧……」我倒吸了一口氣：「雖然拒絕他，也感覺不太恰當，唉，看樣子，惹上麻煩了。」

「景城，你在擔心什麼？」吳廷岡抬起頭問。

「導演呀，他年紀這麼大了，舉止又神神祕祕的，我完全搞不懂他在想什麼，萬一他被警察問話，也不知道會說些什麼東西。」

我每回想起導演那神祕的模樣，甚至懷疑他根本不是人類，簡直就像幽靈似的。

但他又是真真切切地存在，甚至還是暗蕨的負責人，整個組織都是因他而起。

「你放心，他雖然進了小閣樓，但沒見到導演。」吳廷岡對我說。

「咦？所以你也打開了『暗蕨之屋』？你知道鑰匙放在哪裡嗎？」

「別開玩笑了，我待在店裡的時間比你還長。」

「那就好，幸好你夠冷靜，要是換成是我，恐怕馬腳一下就露出來了。」

我鬆了口氣，難以想像大批員警衝進居酒屋的畫面。

萬一真的發生這種事，不知道會連累多少委託者。

在那天我和劉筱漁碰面後，又過了半個月的時間。她絲毫沒有要聯繫我的跡象，就連我在網上更新連載小說的平台，也沒見到她上線。

好像那晚的談話不曾發生過，一切船過水無痕。

但還是有某些不一樣的地方。

劉筱漁原本一直私下參與的地下劇團，居然臨時抽換演員，我從他們自製的官方網站，見到最新的演出，發現馬克白夫人換了一位更年輕的小女生飾演。

劉筱漁不知道什麼緣故，居然沒有參加演出。

「唉！」我坐在自家房間的電腦前，忍不住嘆了口氣。

難道她這麼不希望再回到舞台嗎？

還是只是不想讓我知道她的下落？

所以乾脆找其他的劇團參與？

我不知道她此刻的想法，上網搜尋了一下，果然都是多年前的舊資料和照片。

我甚至見到兩年前，她和靜織合作的最後一場演出紀錄。

那場，是靜織努力多年，終於首次擔任女主角的戲。

靜織身上的穿著，就是那天晚上，我最愛的那套粉白緞面戲服。

站在舞台正中央的她，接受台下觀眾的掌聲喝采，照片裡的她，滿臉都是笑容。

她成功了，完成她最期盼的夢想。

難以想像，這也是靜織人生最後一場的演出。

此刻在台上的謝幕，也成了人生最後一次跟觀眾的道別。

我想轉過頭，但視線卻移不開這張照片。我想起那天晚上，奪走靜織和母親生命的那場意外，心頭就像被插了一把利刃，只要呼吸，就會隱隱作痛。

當年肇事的賓士車主，依然不知道在何處。

這些日子我也不是沒找過兇手，但我發現越是尋找，內心的痛楚越大，任何找尋到的蛛絲馬跡，都像一顆顆當年卡在我車禍傷口的碎玻璃。

我越是奮力找尋，痛苦的感受越強烈。

為了轉移情緒，我回到了創作的故事上。

點開撰寫到最新進度的章節，還有三分之一的劇情尚未完成。

此刻的我，只能透過進入我一手搭起的虛構世界，等待傷口隨著時間慢慢癒合。

一路從晚飯時間寫到深夜一點，神情已經有點恍惚。

即使我今晚寫作的進度還算順利，但身體已經撐不住了，疲憊的感覺從指尖蔓延至全身。

關閉文章畫面，準備休息時，意外發現網路平台多了許多則新留言，是幾個小時前陸續新增的。

我忍不住好奇，隨意點開幾則來看。

有些是稱讚主角的機靈勇敢，有的則是要求更新速度加快，但也有讀者碰上不喜歡的劇情，直接開嗆的，底下的留言區各種意見五花八門，什麼都有。

我快速瀏覽後，忽然見到一則跟故事無關的留言：「你聽過『暗蕨之屋』嗎？我查過資料，似乎真的有這個傳說，你認為我該去嘗試嗎？」

留言的人是小魚，一樣是隱密留言，大概是半小時前留下的。那時我正投入創作，因此沒有特別注意。

看來劉筱漁已經認真考慮過我的提議，此時疲憊的感覺退去，內心湧上一股充滿希望的力量。

「太好了！」

我很開心，回想起上次在網路的對話內容，她曾提到需要這份工作的收入，卻又痛苦地想離開，思索後立刻回覆她。

「如果妳正陷入困境，只要有機會讓人生反轉，都該去嘗試看看。」

輸入後，我按下了傳送鍵。心想，此刻的劉筱漁一定很寂寞，遇到這種事情，居然只能找網路上不相識的人討論；又或許，她真的有難言的苦衷，不希望讓身邊的人知情。

我看了看時間，她應該還在酒吧上班，不知道要多久才會看到我的訊息。

然而訊息卻在此時回覆了。

「如果這一切都是自作自受呢？明明有機會回到我最愛的生活，但就是無法原諒自己，你可能無法理解我在說什麼吧。」

什麼意思？

她到底做了什麼事？

我帶著不解的情緒，盯著螢幕這段奇怪的訊息。

繼續往下看……

「自從犯了錯後，我好像瞬間失去了自由，那是每天走在街上恐懼被人發現的一種感受，恐懼使我離開了最愛的舞台，掉入了黑暗中，因爲那裡沒有人認識我，但每晚工作的日子，又讓我內心煎熬不已。」

我不懂劉筱漁的意思，反覆看了好幾次。

她想說的是，其實自己早有機會重返舞台，卻因爲某種原因放棄了。

但她究竟又犯了什麼錯？

按照這段話的意思，她選擇離開劇團到酒吧上班，看似因債務而卡住的人生，其實另有原因。

這種近乎自我放逐的做法，簡直就像刻意要毀滅自己的人生。

「妳在逃避什麼？」我帶著疑惑的心情輸入，卻沒意識到手指竟然微微顫抖。

幾秒鐘後，她回覆了。

在我看見劉筱漁回覆的內容後，彷彿聽見內心某種深信不疑的想法碎裂的聲音。

「儘管不是有意的，但我的嫉妒心卻毀了自己和對方的人生，賠上了夢想，還害死了我最好的朋友。」

我知道劉筱漁指的是誰。

是靜織。但是爲什麼？

此刻我宛如跌入漆黑的深淵，身旁沒有任何物體可讓我攀附。

身體內彷彿有另一個聲音，驅使我繼續敲打鍵盤：「我知道『暗蔽之屋』的傳聞，如果是妳，妳的人生想變成誰？」

過了一會兒後，她再次回覆：

「如果可以，我想得到我最好朋友的人生，她擁有我再努力都無法達到的感知天賦，因爲我知道她總有一天會追上我，不對，她已經超越我了。當天晚上我的嫉妒心蒙蔽了理智，我甚至想開車製造擦撞去阻止她明天的演出，直到我在路口加速的前一刻，我尋回了理智，後悔地立刻踩下煞車，但這一切都來不及了，那個酒駕的男人爲了超越停止的我，加速跨越車道，卻沒注意到前面的他們……」

「景城，現在你知道我遲遲不肯見你的原因了吧，我就是在現實裡被罪惡感折磨的馬克白夫人，知道眞相的你，還要幫我修改人生的劇本嗎？」

見到她這段自白，我完全無法思考。一如平靜的湖水落下了一顆巨石，炸出漫天的水花，胸口劇烈地起伏著。

原來她早就知道我是Louvre。

我難以置信地看著劉筱漁寫的內容，眼睛牢牢盯著電腦螢幕，徹夜未眠。

9.

從我住的地方到浮木居酒屋，不過是捷運站幾站的距離。

走在人行道上，看著對向呼嘯而過的車輛，腦海浮現兩年多前那晚撞擊的畫面。

滿地的碎玻璃，刺痛的傷口，以及永遠不曾淡忘的回憶。

我不斷思考著待會在居酒屋見到劉筱漁時，該用什麼心態面對她。

在那天晚上，她向我自白後，我就開始思考這個問題，但我始終沒有一個結論，甚至復仇的念頭越來越強烈。

我一連幾個夜晚，完全無法提筆創作。

只要一想到故事裡的靜織和母親，她們兩人就這樣面無表情、靜靜地站在前方看著我。

沒有任何話語，沒有任何反應。她們就這樣站在我視線所及的地方，冷眼看著我，想知道我接下來要怎麼做。

「妳們希望我怎麼做？靜織，妳的想法呢？」我凝視著她的眼。

只看到她的嘴唇動了動，以為靜織終於肯開口，往前踏了幾步，卻發現那不是靜織。

「不要再放任糟糕的事情發生。」

她精緻的臉龐忽然變得衰老，成為一個老先生的模樣。

是導演。

他正對我說著話，眼神露出犀利的光芒。

「怎麼是你？」我在他面前止步，驚訝地說。

但下一秒，導演的身影便消失無蹤，就連靜織和母親的人影也一同消失。

我的身體墜入了全然的黑暗之中。

當我驚醒時，人還坐在電腦前，冷汗從額頭緩緩流下。

我和劉筱漁相約今晚十點在浮木居酒屋碰面。

這個時間客人已經少了，比較不會受到其他無關的人干擾。

雖然我一路步行，還是比預定的時間提早抵達。

拉開拉門，吳廷岡正在廚房收拾稍早客人用完的餐盤，水龍頭的水流聲和餐具敲擊的聲音規律地迴盪在店裡。餐桌上還有沒收走的盤子，看來客人剛走不久。

我選了一個吧台的位子坐下，身體突然覺得有些沉重，心裡湧現複雜憂慮的情緒。

該怎麼做才是正確的？

我一時之間陷入了迷惘。

「你來啦？」吳廷岡的聲音從廚房後方傳來，「幫我把剩下來的餐盤收進來。」

「喔，來了。」我應了聲。

穿進吧台後方，來到廚房，吳廷岡正清理到一半。

「謝謝，放這裡就好。」他說。

「我約了人，應該快到了。」

「嗯，這次的委託者似乎不太一樣喔。」他看了我一眼。

「怎麼說？」

「你自己照照鏡子不就知道了。」說完，他指了一下轉角的落地鏡。

我半信半疑地靠了過去，見到鏡子裡的自己，頓時吃了一驚。鏡子裡的人，雙眼布滿血絲，下巴生了細細的鬍渣，我已經想不起來自己今天出門前，是否有好好打理自己。

我怎麼會把自己弄成這副德性。

「這次的委託者是熟人對吧？」吳廷岡瞥了我一眼。

「嗯。」

「既然是認識的人，就得更謹慎地處理。」

他話剛說完，店裡的拉門方向傳來喀啦喀啦的聲響。

「應該是有人來了。」我正在水槽洗臉，抬起頭說。

吳廷岡遞給我毛巾，說道：「被命運惡意卡住人生的委託人，我們必須盡力協助他們掙脫，但要記得，在協助他們的時候，要避免介入他們的人生。」

說得不錯，但有這麼容易做到嗎？

我心裡想著的，除了替靜織和母親復仇這一件事之外，導演那張深沉的面孔，不知爲何，一直不停地浮現在我腦海中。

我穿過廚房，走回店裡。

劉筱漁穿著襯衫，外頭又罩著一件米色大衣，獨自站在居酒屋的入口。

才幾天的時間沒見，她的外貌當然不會有太大的變化，卻顯得有些憔悴。整個人給我完全不同的感覺。

她見到我出現，嘴角揚起淺淺微笑，眼神卻騙不了人，閃爍著複雜的情緒，看得出心中有些猶豫。

「妳來了。」

「嗯。」劉筱漁簡短回應，聲音聽來有些沙啞。

「這邊先坐吧。」

我引導她坐到餐桌前，兩人坐定後，卻陷入幾秒鐘的沉默。

「抱歉……」劉筱漁首先開口。

「抱歉什麼？」

我的語氣不是很好，劉筱漁纖細的肩膀抖動了一下。

「所有的事。」

「也包括兩年前那個晚上嗎？」

「……」

劉筱漁沒有回話，只是抿著嘴怔怔地看著桌上的某一個點。

「我不知道妳是怎麼想的，但我希望妳能明白，那天晚上因爲妳的舉動，讓我失去了生命中最重要的兩個女人。」我不假思索地說。

原先我對劉筱漁其實是非常同情的，但不曉得怎麼回事，此刻我心裡像是生起一簇復仇的火苗，我一方面告誡自己這麼做是不對的，壓抑火苗蔓延，卻又捨不得這個火苗熄滅，一直小心地呵護它。

直到我見到劉筱漁，那火苗彷彿被人輕輕吹了口氣，越燒越旺。

我深深吸了一口氣。

「老實說，」我頓了一下，繼續說：「雖然是我告訴妳這個改變人生劇本的機會，但我有件事還沒來得及說明，我是暗蕨的編劇，也是替每個委託者撰寫新人生的人。」

「那麼知道我做了那件事後，想必你一定很後悔幫我吧。」她臉上充滿愧疚，很艱難地說。

「我不知道，沒有人能事先知道未來的發展，就像那天晚上，妳雖然踩下了煞車，但事情還是發生了。」

我帶著怨恨的眼神，直視著劉筱漁，我希望她能明白自己當年究竟犯了什麼錯，讓我從一個普通的上班族，成為犯罪組織的成員，背後的目的，就是希望能用各種手段阻止類似的遺憾再度發生。

但我漸漸發現，雖然我能修改他人的人生，讓遺憾獲得修補的機會，但總是會有新的遺憾出現。

我很不捨劉筱漁這樣優秀的演員，因為債務的因素，將美好人生卡在陰暗的社會角落。但說到底，其實是劉筱漁自己的罪惡感作祟，她無法擺脫當年因為一時的嫉妒心，所引發的一連串悲劇而痛苦不已。

所以她乾脆離開最愛的事業，自我毀滅，但心裡又割捨不下最愛的舞台，因此才會趁著旁人不注意時，仍偷偷在無名的劇團持續參與表演。

她就像一顆天生閃耀的星星，擺在任何舞台都會讓人一眼就注意到，卻又怕被人拆穿、直視她的過錯。

這其中的矛盾與內心焦慮，也是造成她人生卡住的原因之一。

當我知道劉筱漁的困境之後，雖然很不想承認，但我對她進行復仇的念頭的確開始出現動搖，但這種動搖卻又讓我對意外逝世的靜織與母親，出現愧疚的情緒……

我想起吳廷岡方才對我說的話，在協助委託者的同時，要避免介入他們的人生。

然而我在不知不覺當中，已經將自己推向這個漩渦之中。

「景城，你想怎麼做？我已經告訴你我的祕密，因為我無法忍受罪惡感的折磨，你想怎麼處置我的人生都好，但我只有一件事想拜託……」

「妳說吧。」

「我的母親在手術後，依然臥病在床，所以我現在大部分的收入，除了償還那時所欠下的錢，幾乎都用在治療費上了，我希望你針對我一人就好，不要牽連到她。」

「當然，她是無辜的。」

我的態度軟化下來，但思緒仍不停地在復仇與原諒的天平兩端擺盪。

那本專門替委託者改寫人生的筆記本攤開在我眼前，我愣愣地直盯著。

劉筱漁從包包裡掏出一個信封，推到我面前。

「我知道規矩，但這是我僅有的財產，不是很多，可是我已經盡力了。」

她淡淡說著，隱藏令人不捨的情緒，接著又說：「至於我接下來的人生劇本，就交給你了。」

我凝視著信封，瞥了一眼廚房，吳廷罔不曉得跑到哪兒去了。

我嘆口氣，把信封推回給劉筱漁。

「我就替妳破個例吧，但這不只是爲了妳。」

我壓抑著情緒，忽然明白，其實劉筱漁今晚已做好覺悟的準備，看來她鐵了心要掙脫罪惡感構成的牢籠，因此才願意將人生的掌控權交給他人。

接著面對空白的筆記本，提起筆，湧現各種各樣的想法與情緒。

在上頭空白處，寫下劉筱漁的姓名，以及未來的人生……

「兩個人生？」劉筱漁忍不住叫出聲。

「嗯，我寫了兩個版本的人生，讓妳自己選一個，我不會干涉妳最後選擇的結果。」

「我……可以先知道你寫了些什麼嗎？」

劉筱漁喝了一口水，雖然說她已經有所覺悟，此刻聽我這樣說，心中還是不免感到緊張慌亂。

「可以。」我坐直了身子說。「第一個人生，是靜織的人生，若選了她的人生，將有很大的機會可以重返舞台，並且獲得她那讓妳羨慕的天賦。」

「靜織的人生……」她喃喃低語，「像我這種人，還有資格獲得她那樣美好的成就嗎？」

我沒有回答她，繼續說明。

「第二個人生，妳其實再熟悉不過，因為那就是妳自己的人生。」

「我自己的？」她緊蹙眉頭問。

「對，妳自己的，什麼都沒有改變，一樣的人生困境，一樣的工作內容，什麼條件都沒有改變，就像現在一樣。」

「原來如此，這倒是對我最好的復仇。」劉筱漁苦笑著說。

「是嗎？我不這麼認爲。」

「什麼意思？」

「我曾經說過，對於改變後的人生，不論好壞，你都得完完全全地接收，所以若妳得到了靜織的天賦，當然會爲妳的表演事業大大加分，可是妳也別忘了，靜織最後是死於意外，這點妳也逃不過，很有可能的時機點，就在妳完成一場精采的演出之後。」我嚴肅地看著她的雙眼說。

劉筱漁似乎沒意識到這點規則，經我提醒後，整個人沉默了下來。

她的臉上沒有任何表情，不像是在思考，而是在說服自己接受。

我說的每一句話，似乎都在向她討取當年因一時的錯誤，所必須付出的代價。

「還沒結束。」我忽然又開口。

「還有其他的人生？」

「不是。」我補充說明。「最後一個要求，是我特別加上去的。」

我把筆記本裡寫著新人生劇本的紙張，小心地撕下後對摺，一左一右地平放在桌上，從外觀來看，根本不知道裡頭寫了些什麼內容。

「我剛剛說了，我不會干涉妳的選擇，這個意思是，妳必須隨機挑選一個，這將成爲妳接下來的人生劇本。」

10.

劉筱漁瞪大眼睛，難以相信我最後所說的要求。

「讓命運決定我未來的人生是嗎……」

她根本沒想到，最後居然是這樣的情況，反而不知道該說些什麼。

「我以為，人生應該是掌握在自己手上的，想不到繞了一大圈，還是讓運氣決定一切。」她最後搖著頭，嘆口氣說。

「好吧，時間不早了。」我把兩個對摺的白色紙張推向她：「該妳做決定了。」

劉筱漁目不轉睛地盯著眼前的兩張紙張，明明從外觀完全無法分辨，但她仍一直看著，我不曉得她心裡希望獲得哪一個劇本，但從結果來看，都不是好的結局，就算攤開來選，一樣是令人難以抉擇。

「選好了嗎？」我問。

「那就這個吧。」劉筱漁伸出手，指了指我右手邊的紙張。

我點點頭，從包裡掏出一個白色信封，把她選擇的劇本放進去封好，交給她。

劉筱漁很小心地接過，拿在手心注視著信封許久。

「我剛剛在想，原來人生的重量居然可以這麼輕，果然任何事情都有代價，我此刻體會到了。」

她露出意味深長的微笑，我看了，心口沉了一下。

「走吧，我們去『暗蕨之屋』。」

我站起身，把左邊的劇本拿回，瞥到裡頭的筆跡，上面除了「劉筱漁」三個字之外，什麼都沒有，這是她原本的人生。

我默默把這份沒有被選上的劇本收進口袋裡。

11.

「我眞的好羨慕筱漁哦！」

兩年多前的秋天，靜織剛從劇團結束排練，我們走在台北街頭，隨意逛著。

「妳說什麼？」

街邊的服飾店大聲播放外國歌手的音樂，我側著頭問她。

「我說筱漁眞的太厲害了！」靜織站在我旁邊露出欽佩的眼神。「她的演技出神入化，我每次跟她同台，都會忘記她就是我認識的那個筱漁。」

靜織隨手拿起一件洋裝就在身上比劃著，誇張地演起高傲的粉領族。

結果裝沒幾秒，自己就笑場了。

「她是眞的滿厲害的，我看過幾次她的演出，眞的很讓人投入，一下子就進到角色的故事裡。」我點頭認同地說。

「是吧，我覺得她是團裡最受期待的新一輩女演員，我從她身上學到好多演戲的方法。」

「那下次角色徵選的時候，可以問問她的想法，說不定有好意見喔，妳不是一直想當下部戲的女主角嗎？」

我在一旁出著主意，心想要是靜織眞的有一天當上女主角，一定會很開心。就連我爸媽也會開心得直嚷著要我趕快去買票吧。

「你說下一次巡演啊……」靜織的語氣忽然緩了下來，「我沒有把握，因爲筱漁說她已經準備了好久，感覺這次女主角應該就是她了。」

「別灰心啊，妳的演技也不差呀，更何況上次筱漁不是也說了，妳有與生俱來的獨特感知能力，現場演員的說話情緒和氣氛，妳都掌握得很好。」我鼓勵她。

「我哪有她說得這麼厲害，講得我像是外星人似的。」靜織不好意思地笑出聲，又說：「不過幸好這次演出的場次很多，所以劇團對這個角色會多找一位演員，如果我也能被選上，那就太棒了。」

「用妳最擅長的方式表演，我相信一定會有回報的。」

「嗯，只要我拚了命地去做，就算結果不一定如我所願，但仍然可以成爲我下一次當女主角的養分。景城，你到時候一場都不可以漏掉喔！」

靜織用手勾著我的脖子，因爲她比我矮，動作顯得很滑稽。

「好啦好啦，我一定都到！別玩了，很多人都在笑啊。」我難爲情地嚷著。

「又不會怎樣，哈哈哈！」

靜織完全不害臊，笑得更開心了。

幾個禮拜後，劇團公布結果，果然靜織和筱漁雙雙都被選上，甚至打敗同團許多厲害的前輩。

她倆興奮得抱在一塊又叫又跳，我在一旁聽到後，開心得眼眶都有點泛淚。

只要全力以赴的人生，都會留下一些痕跡。

不管痕跡是深是淺，就算失敗，下次再出發的時候，就從有痕跡的地方開始。

那時候，我是這麼深信不疑的。

12.

現在已經接近午夜，沿著居酒屋的狹窄樓梯蜿蜒向上，一步一步抵達最上層。

回憶像是一場捨不得放映完畢的電影，我在腦海裡不停倒帶，直到「暗蕨之屋」的木門出現在我眼前，才把我的思緒拉回現實。

「我以爲這是都市流傳的童話故事，沒想到眞的有這種地方。」

劉筱漁望著眼前老舊的木門，它透出一股難以言喻的神祕感。

她當演員許久，感受力特別強烈，直盯著眼前的木門，臉上的表情不用多說，便知道她已明白，這些傳聞應該都是眞實的。

我的額頭滲出些許汗水。

「妳等我一下。」

我靠近門邊，從石獅銅像的嘴裡摸到一支冰涼的堅硬物。

那是「暗蕨之屋」的鑰匙。

接著我靠向木門，小心地打開。

門後是一個截然不同的世界。

漆黑的室內，一張老舊的古董書桌放在中央，桌上的歐式檯燈是關著的。

窗外的霓虹燈照進室內，投射出多彩的斑點。

導演就站在窗前，凝視著我們。

「拿著劇本走進去吧。」我對著劉筱漁說。

她點了點頭，突然回頭說：「景城，對不起，我知道現在說什麼都改變不了了，但我還是想跟你說聲抱歉，我不該這麼做的。」

劉筱漁壓抑一個晚上的情緒，終於全部釋放出來，她眼眶泛紅，流下淚水。

「嗯，我明白。」

我咬著牙，很想說些什麼凶狠的話反擊，但此刻卻搜尋不到任何詞彙，心裡只充滿了不捨，那些曾經的美好回憶，無論是跟靜織，跟母親，甚至是跟眼前的劉筱漁，所有的一切，真的僅存留在我的回憶裡。

除了回憶，我什麼都不剩了。

她的歉意是發自內心的，就算她的演技再怎麼優秀，我還是能分辨眞假。

此刻，她是眞的爲自己所犯的過錯感到懺悔。

我忽然有些感嘆。

「你還不走嗎？」忽然傳來一個深沉蒼老的聲音。

是導演，他目光直盯著劉筱漁，我從未見過他露出這樣的眼神。

甚至不曾在任何活人身上見到，那是一種非常惡毒哀怨的眼神，充滿了怒氣，卻又像是一個受了傷的人。

不對，更像一頭受了傷的蒼老野獸，眼睛直視著劉筱漁。

像是爲了獵捕，也像是復仇。

「我……想留下。」我哽在喉嚨的話脫口而出，聲音有些沙啞尖銳。

「你確定？」導演抬高語氣，再問一遍。

「對，我要留下。」我堅定地回答，此刻的聲音已平穩許多。

導演的目光直視著我，我看不出那是什麼意思，像是在思索著，接著又說：

「隨便你吧。」

我鬆了口氣，轉向劉筱漁。

「換妳了，坐到那張書桌前，打開檯燈。」她此刻只能點點頭，依照我的指示往前坐下。

桌上的歐式檯燈一開，發出昏黃的微光。

「把妳的新人生唸出來吧。」

導演站在椅子後方下達指示，眼睛卻直視著我。

我對劉筱漁點了點頭。

她抿著嘴，把信封拆開，小心地把寫有新人生劇本的紙張攤開，全身忍不住因緊張而顫抖。

我則不由自主地從口袋掏出另一個劇本，是那份劉筱漁原本的人生，但她並沒有選到這個劇本。

導演沒看新的劇本，只是默默看著我，嘴角不禁揚起了笑意。

「看來，這是一個完美的結局啊。」導演此時的表情有些詭異，笑說：「跟你女友一樣，她未來也會成爲一個擁有天賦的傑出演員，然後在一次完美精采的演出後，一切化爲烏有，這結尾想得可眞好啊，根本就是爲了復仇而寫下的結局！」

「也是把每一次上台表演，當成最後一次演出的結局，或許這樣，更能激發演員的潛力也說不定。」我不假思索地說。

「哼，你這傢伙還眞替別人著想啊。」導演對我的補充說明有些不以爲然。

劉筱漁聽見我們的對話，這時才明白剛剛抽到的人生劇本究竟是哪一個，瞬間白著一張臉，緊張得不知道如何是好。

「另外我要提醒你，這次她可沒有這麼好運了……」導演又接著說：「我不會像對之前那幾位委託者一樣，讓人有第二次修改劇本的機會，對這個殺人兇手來說，這是她僅有的一次。」

「什麼意思？」我愣了一下問。

「這是我最後一次待在『暗蕨之屋』了。」

「什麼？」我倒抽一口氣。

導演只是淡淡地笑了一下。

「還記得我當初找你加入『暗蕨』的時候，我說了些什麼嗎？」

「如果你知道事情會往糟糕的情況發展，卻依然放任事情發生，這就是——」

「共犯。」導演沒等我說完就開口。「現在，你得到改正的機會了，就是根除當年造成悲劇的起源，避免未來又有同樣的人受害。」

「你要殺了她？」我叫出聲來。

「不，是你殺了她。」導演注視著我的雙眼。「我們同樣都是受過傷的人，還記得嗎？」

這句話是導演當初和我首次接觸時曾說過的話，我當時無法理解，以為他跟我一樣，是傷透了心，對這個世界感到絕望的人。

「找出當年事故的元兇，然後進行報仇，這不是你加入『暗蕨』最重要的原因嗎？」導演掛著詭異笑容的臉，突然變得嚴肅：「讓我們一起結束這一切，然後……你再也不會見到我了。」

「你到底是誰？」我驚愕地叫道。

導演沒有理會我，而把雙手搭在劉筱漁肩上。

「好了，話說了不少，該辦正事了。」他對著劉筱漁說：「把妳未來的人生，唸給我聽吧。」

就在導演說話的同時，我看見坐在古董書桌前的檯燈出現異狀。桌上的檯燈原先發出的昏黃色燈光，頓時變成有些詭異的綠色，那種綠像是一陣奇特的光暈，漸漸把劉筱漁籠罩在其中。

我看見坐在椅子上的劉筱漁變得有些模糊起來，像是處在夏天地面蒸騰的熱氣中，身體開始出現晃動與扭曲。

原來，這就是「暗蕨之屋」改變人生劇本的方法。劉筱漁坐在椅子上，默默流著淚水，知道這一切都是自己當年的嫉妒心造成的，雖然心中萬分悔恨，但仍然堅強地點點頭。

凡事，都有代價。

她承受不住罪惡感的折磨，選擇前來找我。

今晚，不是渴望別人幫她一把，把她從黑暗中拉回，而是與過去兩年自我放逐的做法相同。

她遠離舞台，因為無法忍受自己獨占聚光燈。

今晚，她是贖罪，希望藉著我的復仇念頭，讓她從罪惡感中解脫。

然後攤開我替她寫下的新人生劇本，開始唸起來——

從椅腳開始，畫面晃動得越來越明顯。

導演、劉筱漁，以及那張一直擺在室內的老舊書桌和檯燈，在我眼前漸漸扭曲。

綠色光芒像是一個越來越大的光暈，逐漸籠罩住我全身。

就在這時……

「咦？」劉筱漁發出一聲遲疑的聲音。「怎麼會這樣？」

只見她透過光暈，看著站在前方的我，露出不解的神情。

接著把尚未唸完的劇本繼續唸下去：

「我，劉筱漁，曾經犯了錯，如果有機會重來，我希望自己能更有勇氣，就像靜織常說的：『羨慕別人是一件很正常的事，但只要保持笑容和勇氣，什麼困難都可以克服。』所以，請讓我繼續保有我自己的人生，不要把我人生的困境拿走，我這次一定會更加努力，勇敢戰勝自己的弱點。」

劉筱漁唸完後，抬起頭直直地望著我，臉上全是淚水。

起初心中充滿不解。

接著……流下感激的眼淚。

我見到她這副模樣，眼眶也有點泛紅。

其實，這左右兩個劇本，都是劉筱漁自己原來的人生劇本。

我只是故意設計了兩套劇本的說詞，讓劉筱漁陷入慌亂與懊悔之中。

我壓根沒想讓她重蹈當年靜織發生意外的結局。

這是我對劉筱漁的復仇，也是一場惡作劇，我想如果換成靜織，依照她的個性，一定會拍手叫好，露出調皮的笑容。

但站在一旁的導演，卻首次露出驚訝的表情。他惡狠狠地瞪著我，眼神像是我把他到手的獵物偷走一般。

飢餓又狠毒。

「你知道自己幹了什麼事嗎！」

導演的臉透過光暈，已經扭曲得不像個人。

「我當然知道。」我停了一下，又說：「我可是『暗蕨』的編劇，要如何修改委託者的人生，是由我決定，你自己講過的，難道忘記了？」

「你……」導演憤憤地看著我。

忽然之間，我對他也起了憐憫之心。

一個被復仇心理卡住的人，就跟所有前來尋求改變人生的委託者一樣，其實導演也是一個無法掙脫自己人生的可憐人。

「謝謝你，雖然時間不長，但我這段日子玩得很開心，儘管最後的結果不是你當初設想的，可是換個角度思考，我們也幫助了許多人找回自己的人生，這樣想，你會不會覺得好過一點？」我對著即將消失在光暈裡的導演說。

「……」

導演沒有回話，只是一雙眼珠子直直盯著我。

「簡直天真到無藥可救。」

他才說完一句話，輪廓便已經模糊得看不見了，但身體卻仍想朝我走來。

「是嗎？」我並沒有感到害怕，反而微笑說：「我記得，靜織也常這樣罵我，但我挺喜歡的。」

語畢，站在書桌旁的我，突然伸手朝桌上的歐式檯燈摸去，對準鏈條開關一拉……

那奇特的綠光消失了。

原本一直緊閉的窗戶突然打開，夜晚的涼風吹進「暗蕨之屋」，窗外的霓虹燈光再度照進室內。

檯燈已經變回正常的昏黃色燈光。

那位蒼老的導演已經消失了。

室內中央僅有一張古董書桌和木椅，以及上頭坐著另一位垂著頭、眼眶泛淚的女生。

「景城……」她不安地說。

「準備好面對妳新人生的挑戰了嗎？」我對著劉筱漁問。

當我和劉筱漁走下階梯，來到居酒屋一樓，已經是深夜了。

吳廷岡還沒走，他獨自坐在吧台，桌上擺放著一瓶清酒，那是他日本親友送的禮物，他一直省著喝。

不知道爲何，今天突然興起，自己一個人喝了起來。

我們下樓的時候，吳廷岡抬頭看了一眼。

「結束了？」

「嗯，算是吧。」我淡淡地說。

他沒多說什麼，拿了兩個小杯子，替我和劉筱漁各自倒了一點。

我喝了一口，味道很猛烈，酒精直衝上我的腦門。

「導演，離開了。」

「眞的？雖然我到現在都沒見過他本人，但我會想他的……」他慢條斯理地說，像是早就知道這種事遲早會發生。

「那『暗蕨』怎麼辦？導演不見了，我們這個組織還要繼續下去嗎？」我有些擔憂。

「有關係嗎？」他自己又喝了一口，忽然提議：「我看你做得也不錯，不如你自己來當導演吧，嗯，這個方法不錯，編導同一人，感覺會更有趣。」

「不會吧？」我驚訝地轉向他。

「規矩是人訂定的，我不反對，相信其他人也不會有意見。」他忽然從口袋裡掏出一張像帳單的東西，笑著說：「不過，我這間店是跟導演租的，雖然不用付租金，每個月水電費倒是替他繳了不少，既然你成了導演，這帳單就拜託你了。」

「什麼東西啊？」

我嚇了一跳，但仍勉爲其難地拆開帳單，赫然發現，上頭的名字居然是我的姓名——何景城。

「這是怎麼回事？」我整個人嚇得呆住了，扭頭望著吳廷岡。

他緩緩回答：「這間老房子本來就是你的，一直以來，你就是『導演』。」

尾聲

早上十點，空氣中帶著夏末的暑氣，以及泳池特有的氣味。

在北部一座體育大學的游泳館裡，現在正進行五十公尺的捷泳競賽。

這是爲了參加帕拉林匹克運動會舉辦的運動員徵選，所有殘障類別的選手都可以報名參加，依據身體不同的情況，進行分組競賽。

我帶著凱文與小繪，一大早就來搶看台的位子，沒想到現場的觀眾這麼踴躍，才一會兒，看台就擠滿了前來加油的人。

小繪發揮美術長才，特地做了一個半人高的加油紙板，上面是那晚在浮木居酒屋曾見到的林雨琦游泳的照片，是阿識趁著她練習時所拍攝的。

因爲頗受大家讚賞，乾脆把它放大輸出，直接貼到加油板上。

搭配「雨琦加油」的字樣，顯得很有氣勢。

林雨琦的競賽組別是一百公尺的女性組，還有幾分鐘才會輪到她，但小繪和凱文兩人已經迫不及待，不管底下泳池裡的人是誰，都興奮地扯著喉嚨大聲加油。

惹得剛坐下不久的吳廷岡搞不清楚狀況，以爲林雨琦出賽了，急忙站起身，卻發現根本找不到人，不停尷尬地碎唸著。

「阿識醫師，這邊！」小繪遠遠看見阿識正在看台入口處張望，立刻大聲揮手叫道。

他見到後，也對我們揮揮手，露出笑容，趕緊走過來。

「她準備得還好嗎？」

我讓了一個座位，給阿識坐下。

「剛剛在熱身，狀況應該不錯，就是有點緊張。」

阿識坐下後，見到身旁超大的看板，露出驚訝又好笑的表情。

「難免的，畢竟是第一次參加，但我相信她一定沒問題！」我接著又說。

「謝謝，我也是這麼跟她說的。」阿識凝視著下方的休息區，等待妻子從裡面出來，忽然想起什麼，又對我低聲說：「後來，你還有見到他嗎？我指的是『導演』。」

「沒有。」我搖搖頭說。

在阿識醫師的介紹下，我前往他大學學長任職的醫院就診，他是一位精神專科醫師。

在詳細的檢查後，並無太大的異狀。

但無法針對導演的出現，給出一個合理的解釋。

最後評估，認爲這與當年那場嚴重車禍有關。

某些病患在頭部外傷後，會有腦外傷後精神疾病症狀，可能出現幻覺或妄想等情況。

醫師認為，導演是我在發生車禍後，急於替死去的家人尋求兇手，自己設想出來的另一個人格，因此導演才會具有急於復仇的性格，甚至在自己無意識的當下，創立了「暗蕨」這個犯罪組織。

由於導演的性格十分謹慎，從來不在其他人面前露面，就連跟吳廷岡聯繫，也是透過訊息傳送，因此所有人都被蒙在鼓裡。

吳廷岡其實早就發覺了異狀，但他沒有點破，只是一直在浮木居酒屋默默觀察著我，發現導演出現的規律。

這點，他是透過那天警方的調查，進到小閣樓之後，自己推敲出來的結論。

我陸陸續續回診觀察大半年，這種症狀再也沒有出現過，因此不需要再去醫院，導演從此消失。

不過，「暗蕨之屋」一樣隱身在居酒屋樓上，傳說仍在網路上流傳。

前來尋求改變人生劇本的委託者，依舊不斷出現。

在沉寂一段日子後，我又獨自來到「暗蕨之屋」。

室內沒有開燈，僅有那張古董書桌與木椅，孤零零地擺放在正中央。

我一個人若有所思，站立一陣子後，在黑暗中坐到桌前。遲疑了幾秒，還是伸手把歐式檯燈的鏈條開關拉下。燈是昏黃的，沒有那種詭譎的綠。

「難道這一切都是假的，是我幻想出來的？」我喃喃自語。

正當我扶著書桌要站起時……

有一種神祕詭譎的感受，像是觸電般從書桌傳來，腦袋莫名響起一個人的聲音，像是在對我說話。

「說吧，你想怎麼改變自己的人生？」

那個聲音很清晰，卻又不知道是從何而來，但我知道，這是我自己的聲音。

我愣了幾秒，這才明白，其實「暗蕨之屋」並沒有消失。

它一直都在。

我沉默了兩秒之後，笑出聲來。

「謝了，我只是坐著休息一下，如果方便，給我多一點的勇氣，讓我獨自面對自己人生的挑戰就行。」我對著空氣說話。

「……」

腦海裡頓時沒了聲音，但窗外的霓虹燈一明一滅，像是在回應著我。

「叮咚！」我手機的通訊軟體突然傳來訊息，點開一看，是一部用手機拍攝的影片。

有一位美麗的女生正站在舞台上，賣力飾演一位女配角。

我想起，昨晚也是劉筱漁重返舞台後第一次演出的日子。

在我正式成爲「暗蕨」的導演之後，吳廷岡把之前委託案賺的收入全交給我，我一看，這犯罪組織過去賺的錢還眞不少。

於是把部分金錢拿出來協助劉筱漁還債，脫離那個被金錢追著跑的地獄。

看見她又回到最愛的舞台，心裡有股暖暖的感覺。

正準備打字回訊息時，泳池邊突然爆出大喊。

「來了！」

「是她、是她！」

「雨琦加油啊！」我身旁的幾人扯著喉嚨大叫。

林雨琦在工作人員的協助下，先進到了比賽的水道中。

整個體育館裡加油的聲音響徹雲霄。

「讓他們知道妳在水裡的速度跟在跑道上一樣快！」小繪拿起加油看板，奮力地叫著。

「加油啊！」

我的話才到嘴邊，卻發現自己居然感動得有些想哭，而我身旁的阿識，臉頰早就沾滿了開心的淚水，緊握著拳頭奮力吶喊。

其實不只我們，在場所有人，都奮力替參賽的選手加油。響徹整座泳池的吶喊加油聲，都會直接傳達給他們所愛的人，化爲接下來奮戰的力量。

「選手預備！」

「五、四、三、二、一！」

水道濺起漂亮的浪花。

比賽正式開始！

我趁著空檔，在手機輸入：「加油！全力以赴的人生，一定不會讓妳失望的。」

在眾人的歡呼聲中，我又把注意力移回水道。

我看到林雨琦用盡全力游泳的身影，像是一道閃亮的流星，筆直往終點前進。

這是她的復出之戰。

而在遠處的另一端，劉筱漁也正拚命地爲自己的人生奮戰著。

【完】

番外篇

巨人的困擾

寬敞的花園中庭，夜間聚集了許多盛裝出席的男女。

亮黃色的燈泡懸吊在半空，像極了一顆顆星球。

參加這場派對才三十分鐘左右，周圍熱絡的表情來自各地的政商名流與黑道角頭，我彷彿已經過了半天長的時間。

雖然這是今晚任務的最後一環，但我一直遲遲等不到小繪或凱文的進一步暗號，讓我有些焦慮。

自從「導演」消失後，我已經約莫一整年沒見到他，但「導演」一手創立的犯罪組織暗蕨，各種地下行動從來不曾在城市的角落消失。暗蕨的成員依舊以浮木居酒屋為據點，默默在委託人上門時，提供各式不同的非法服務。也因為導演是我自己的另外一個隱藏人格，因此當他消失之後，理所當然地，由我接下導演的工作。

但不知為何，想進入「暗蕨之屋」改變人生的委託人大幅減少，或許是因為過去幾個案例的經驗，使我刻意不想過度依賴這座神祕的小閣樓。

網路上，甚至還出現了某些傳言，認為這座能改變人生的閣樓，僅是居酒屋為了營利炒話題製造出的都市傳說，漸漸地，好奇上門詢問的人少了許多。

幸好，過去暗蕨賺取的費用依舊能維持行動上的開支，因此組織的變化並不大。

「倒是吳廷岡這傢伙，過去從來不曾親自參與行動，這次也太反常。」

我繞過一群穿著西裝的賓客，瞄了躲在舞台附近，僞裝成播音工作人員的吳廷岡。過去，他一直堅持不要太介入委託者的人生，不多做額外的事，但這回，暗蕨的製作人居然自己參與到行動中。

上週，原本寡言的吳廷岡忽然找我，表示有委託案上門。

「這次的案子，是幫忙傳遞一封信。」吳廷岡脫下白色的廚師帽，底下壓著一封信，推向我。

「一封信？」我疑惑地接過，好奇說：「寄信不去找郵差，找我們幹嘛？」

「當然不是一般的信，是必須祕密進行的信件。」

吳廷岡表情依舊冷靜。

原來，這封信是給一位下個月即將舉辦婚禮的女子，沒有署名寄信人，只寫了兩字：小涵。

據吳廷岡表示，這位叫小涵的女子，即將嫁給北部知名角頭的第二代，而對小涵念念不忘的前男友，因爲一點細故分手，心有不甘，苦於無法接近女方，但又不知如何傳遞自己最後的心意，因此找上了暗蕨協助。

「這對委託人來說，可能是他最後一次表白的機會。」吳廷岡認眞地說。

後來吳廷岡又接續說明，下週恰好有一場婚禮前的單身派對，現場人多，是趁機接近女方送信的好機會，要我這個導演兼編劇，儘快規劃一下行動細節。

「這麼趕！你有沒有先收費啊？而且又有黑道，看來也不是那麼好搞，喂！你有沒有在聽啊……」吳廷岡遲遲沒有回應我，不知又跑去廚房哪裡忙了。

我嘆口氣，收起信封塞進外套。

一直到行動前一晚，我和小繪才敲定所有活動的細節。

根據規劃，凱文會充當現場派對的服務生，不慎把雞尾酒翻倒在小涵的裙邊，而小繪則是扮成會場指派的場控秘書，趕緊引導小涵到專屬的休息室清潔。

原本我還想詢問委託人要不要先到休息室等待，說不定是跟新娘獨處的好機會，但一口被吳廷岡拒絕了，表示委託人說什麼都不想露面。

在排定的行動中，我最後登場，負責把委託人信件遞交給小涵。左思右想後，決定假扮成會場經理，然後藉口信封裡裝有本次派對會場的道歉信與優惠券。

在一切規劃都就緒後，我看到凱文如預期般，悄悄出現在新娘身後，然後朝我點了點頭。

暗號終於來了。我在心裡說。

「哐！」透明的酒杯在空中劃過漂亮的弧線，酒液灑落在純白的裙擺邊緣。

接下來該小繪出場……

卻沒料到，現場有更多殺氣騰騰的江湖人士，直接朝凱文走去，一把就把凱文推開，打算教訓他一頓。

凱文狐疑地瞥向我的方向，似乎在詢問我接下來該怎麼辦？

如果真的硬碰硬，凱文當然沒問題，但場面可就不好看了。

「抱歉抱歉……我們的服務生沒有注意到，現在就幫小姐清理一下。」我趕緊靠過去道歉，打算請一旁的小繪帶她前往休息室。

「你就是經理？」

一名帶著復古墨鏡的中年流氓，擋在小涵和我面前。

「對，眞的很抱歉……」

「經理，我看你是沒有搞清楚今天是什麼場子喔。」

墨鏡流氓語氣極爲挑釁。

「我當然知道，抱歉抱歉，是我們的疏失……」

「這小子還是工讀生吧？什麼訓練都沒有就來了，派這種菜鳥來服務，嘖嘖，經理，你真的知道這個場子的主人家是誰？」

周邊的人越圍越多，看起來衝突避免不了。

小繪很機靈，老早就先把新娘小涵先支開，逐步引導她到轉角的休息室。

但要命的是，那封信還在我身上，而凱文也被整群的混混包圍，這該怎麼辦？

「唉，還是給我吧……」

另一個聲音從我身後悄聲傳來。

是吳廷岡，他穿著一身工作人員的背心，趁著混亂來到我附近。

我趕緊從懷中掏出委託人的信件，隨手往身後地面一拋。

一眨眼，信件立刻被他撿走，幾乎沒有被眼前的墨鏡流氓發現。

我藉著眼角餘光，發現吳廷岡腳步有些遲疑，但他最終還是硬著頭皮，跟在小繪和新娘小涵的腳步後面，消失在另一頭的休息室。

「現在該怎麼辦？」凱文拳頭收緊，準備與眼前的流氓大幹一場。

「什麼怎麼辦？收工啦。」我忽然說道，放鬆身子，朝凱文肩膀拍了拍：「沒事了。」

原先殺氣騰騰的墨鏡流氓聽我這麼說，也跟著咧嘴一笑，隨手就把墨鏡摘下。

「我的媽啊，差點就笑場了。」墨鏡流氓露出那張隱藏在底下的方臉，笑出聲來。

是王福芒。

「大叔！」凱文驚叫出聲，沒想到這個流氓居然是熟人扮的。

「好啦，各位，沒事沒事，誤會一場。」王福芒朝周圍擺了擺手，原本他就與黑道江湖人士熟識，因此經他一說，眾人也覺得沒什麼大事，一下子就散開，派對又恢復吵雜的交談與音樂聲。

「這是怎麼回事？」凱文忍不住問道。

「問你們的編劇吧。」王福芒嘻嘻一笑，又晃進群眾裡聊天去了。

趁著人群離去，我立刻拉著凱文轉進花園派對的角落，眼珠直盯著另一頭的休息室，發現門外居然站著小繪，而吳廷岡和新娘已經不見人影。

「凱文，你不覺得吳廷岡這次怪怪的，他平時才不會參加行動。」我說。

「對啊，我以為他是不放心行動，所以跟來……」

「只是傳遞個信封，哪有什麼不放心的。」我搖頭笑道：「你知道嗎？我見過不少來尋求暗蕨協助的人，通常最不放心的，就是委託人自己。」

凱文一聽，驚訝地轉向我：「你的意思是……」

「這次案件的委託人就是吳廷岡，那位新娘是他念念不忘的前女友。」

凱文眼睛瞪大，我朝他露出一個詭異的微笑。

「別看他長得人高馬大，話又少，其實這傢伙心裡有話不知道怎麼講罷了。」

「所以你早就知道，根本是和大叔串通好的！」

「噓……我們只是推他一把，根本的改變，還是要靠當事人自己，我們能做的，僅僅如此而已。」

語畢，當時我還沒意識到，早已消失的導演，似乎也曾說過一模一樣的話。

【番外篇完】

境外之城 141

我在犯罪組織當編劇

作　　者／林庭毅
企畫選書人／張世國
責 任 編 輯／張世國
發　行　人／何飛鵬
副 總 編 輯／王雪莉
業 務 經 理／李振東
行 銷 企 劃／陳姿億
資深版權專員／許儀盈
版權行政暨數位業務專員／陳玉鈴
法 律 顧 問／元禾法律事務所　王子文律師
出版／奇幻基地出版
城邦文化事業股份有限公司
台北市 104 民生東路二段 141 號 8 樓
電話：(02)25007008　傳眞：(02)25027676
網址：www.ffoundation.com.tw
e-mail：ffoundation@cite.com.tw
發行／英屬蓋曼群島商家庭傳媒股份有限公司城邦分公司
台北市 104 民生東路二段 141 號11 樓
書虫客服服務專線：(02)25007718・(02)25007719
24 小時傳眞服務：(02)25170999・(02)25001991
服務時間：週一至週五09:30-12:00・13:30-17:00
郵撥帳號：19863813　戶名：書虫股份有限公司
讀者服務信箱 E-mail：service@readingclub.com.tw
歡迎光臨城邦讀書花園 網址：www.cite.com.tw
香港發行所／城邦（香港）出版集團有限公司
香港灣仔駱克道 193 號東超商業中心 1 樓
電話：(852) 2508-6231 傳眞：(852) 2578-9337
馬新發行所／城邦（馬新）出版集團
【Cite(M)Sdn. Bhd.(458372U)】
11, Jalan 30D/146, Desa Tasik,
Sungai Besi, 57000 Kuala Lumpur, Malaysia.
電話：(603) 90578822　傳眞：(603) 90576622

封面插畫／Blaze Wu
封面版型設計／Snow Vega
排　　版／邵麗如
印　　刷／高典印刷有限公司
■2022 年（民 111）6月30日初版一刷

售價／350元

國家圖書館出版品預行編目資料

我在犯罪組織當編劇 / 林庭毅著　一初版一台北市：奇幻基地出版；
家庭傳媒城邦分公司發行；2022.7（民 111.7）
面：公分 . –（境外之城：141）
ISBN 978-626-7094-67-9（平裝）

863.57　　111008512

ISBN　978-626-7094-67-9

Printed in Taiwan.

※ 本故事內容純屬虛構，如有雷同，純屬巧合。

廣	告	回	函

北區郵政管理登記證

台北廣字第000791號

郵資已付，免貼郵票

104 台北市民生東路二段141號11樓

英屬蓋曼群島商家庭傳媒股份有限公司城邦分公司 收

請沿虛線對摺，謝謝

奇幻基地

每個人都有一本奇幻文學的啟蒙書

奇幻基地粉絲團：http://www.facebook.com/ffoundation

書號：1H0141　書名：我在犯罪組織當編劇

請於此處用膠水黏貼

奇幻基地

讀者回函卡

謝謝您購買我們出版的書籍！請費心填寫此回函卡，我們將不定期寄上城邦集團最新的出版訊息。

姓名：＿＿＿＿＿＿＿＿＿＿＿＿＿＿＿＿ 性別：□男 □女

生日：西元＿＿＿＿＿年＿＿＿＿＿月＿＿＿＿＿日

地址：＿＿＿＿＿＿＿＿＿＿＿＿＿＿＿＿＿＿＿＿

聯絡電話：＿＿＿＿＿＿＿＿＿＿傳真：＿＿＿＿＿＿＿＿＿＿

E-mail ：＿＿＿＿＿＿＿＿＿＿＿＿＿＿＿＿＿＿＿＿

學歷：□1.小學 □2.國中 □3.高中 □4.大專 □5.研究所以上

職業：□1.學生 □2.軍公教 □3.服務 □4.金融 □5.製造 □6.資訊

□7.傳播 □8.自由業 □9.農漁牧 □10.家管 □11.退休

□12.其他＿＿＿＿＿＿＿＿＿＿＿＿＿＿＿＿

您從何種方式得知本書消息？

□1.書店 □2.網路 □3.報紙 □4.雜誌 □5.廣播 □6.電視

□7.親友推薦 □8.其他＿＿＿＿＿＿＿＿＿＿＿＿

您通常以何種方式購書？

□1.書店 □2.網路 □3.傳真訂購 □4.郵局劃撥 □5.其他

您購買本書的原因是（單選）

□1.封面吸引人 □2.內容豐富 □3.價格合理

您喜歡以下哪一種類型的書籍？（可複選）

□1.科幻 □2.魔法奇幻 □3.恐怖 □4.偵探推理

□5.實用類型工具書籍

您是否為奇幻基地網站會員？

□1.是□2.否（若您非奇幻基地會員，歡迎您上網免費加入，可享有奇幻基地網站線上購書75 折，以及不定時優惠活動：http://www.ffoundation.com.tw/）

有更多想要分享給
我們的建議或心得嗎？
立即填寫電子回函卡

對我們的建議：＿＿＿＿＿＿＿＿＿＿＿＿＿＿＿＿＿＿＿＿

＿＿＿＿＿＿＿＿＿＿＿＿＿＿＿＿＿＿＿＿

＿＿＿＿＿＿＿＿＿＿＿＿＿＿＿＿＿＿＿＿

請於此處用膠水黏貼